큰발 중국 아가씨

큰발 중국 아가씨

렌세이 나미오카 글 | 최인자 옮김

달리

전족을 거부한
발이 큰 여자 '부웨이'였던
우리 어머니에게 바칩니다.

프롤로그

나는 뾰족구두를 신고 발목을 삐끗하거나 넘어지지 않고 걸어다니는 게 얼마나 힘든 일인지 깨달았다. 뾰족구두를 신고 걷는 것은 거의 전족을 하는 것만큼이나 고역스러운 일이다. 아니, 그건 사실이 아니다. 전족만큼 고통스러운 일은 세상에 없다.

나는 또 옆으로 트인 긴 비단 치파오를 입고 있어서 옷자락이 너무 많이 벌어지지 않도록 걸음 폭도 작게 조심조심 걸어야 했다. 몇 년째 헐렁한 치마만 입다가, 폭이 좁고 몸에 착 달라붙는 옷을 입으려니 좀처럼 적응하기가 쉽지 않았다. 옷깃이 높고 빳빳하며 옆구리에 단추가 달린 치파오는 만주족의 긴 상의에서 유래한 옷이다. 혁명* 이전의 중국 여자들은 바지 위에 치파오를 덧입었다. 하지만 지금은 1925년이고, 요즘 여자들은 긴 상의 밑에 바지는 입지 않고 비단 스타킹만 달랑 신고 다닌다. 게다가 치파오도 전보다 훨씬 더 몸에 꼭 끼게 입는 것이 유행이다. 만약 우리 할머니가 이런 옷차림을 한 나를 보셨다면, 노발대발하셨을 것이다.

나는 겨우 열아홉 살이지만, 자진해서 치파오를 입고 높은 뾰족구두를 신고 다닌다. 어엿한 식당 안주인으로 체통을 지켜야 하기 때문이다. 그날도 나는 평소처럼, 식당을 이리저리 둘러보면서 모든 일이 순조롭게 잘 되고 있는지 살펴보고 있었다.

바로 그때였다. 그 사람을 본 것은.

얼굴은 낯익은 모습 그대로였다. 하지만 옷차림이나 분위기는 아니었다.

나는 식당 안으로 막 들어선, 양복 차림의 젊은 중국 남자를 뚫어지게 바라보았다. 남자는 식당 안을 둘러보고 있

---

* 1925년 이전 중국에서 일어난 혁명은 신해혁명(1902년)과 5·4문화혁명(1919년)이 있는데, 여기서는 신해혁명을 뜻함.

는 중이었다. 의심할 여지가 없었다. 위로 치켜뜬 눈썹이 틀림없이, 내 옛날 정혼자 리우 한웨이였다. 커다란 비누 거품 같은 웃음이 내 목구멍 속에서부터 솟아올랐다. 큰 소리로 반갑게 인사라도 하고 싶은 심정이었다.

하지만 꾹 참아야만 했다. 종업원들 앞에서 체통을 잃을 수는 없었다. 종업원이라고 해도 하나같이 나보다 나이가 많은 사람들이지만 말이다.

나는 한웨이에게 다가갔다.

"자리에 앉으시겠습니까?"

나는 공손하게 만다린어*로 물었다. 중국을 떠난 지 3년 이 지났지만, 아직도 중국어를 잊지 않고 있었던 것이다.

한웨이는 기절할 듯이 깜짝 놀랐다. 몇 번이나 입을 딱 벌렸다가 아무 말도 못 하고 다시 다물었다. 그 모습 역시 무척이나 낯익었다.

한웨이가 중얼거렸다.

"아이린? 당신이 정말 타오 아이린이란 말이오?"

"이젠 자오 부인이에요."

나는 만다린 식으로 내 남편의 성을 가르쳐 주었다.

---

* 북방 중국어라고도 하며, 중국에서 가장 널리 쓰이는 언어.

"우리 남편이 이 식당의 주인이지요."

한웨이는 완전히 얼이 빠져서, 가장 가까운 데 있는 의자에 무너지듯 주저앉더니 목이 메어 갈라진 목소리로 물었다.

"결혼을 했단 말이오?"

나는 고개를 끄덕였다. 내가 종업원을 부르자, 종업원 하나가 잽싸게 달려왔다. 나는 광둥어로 빠르게 지시를 내렸다.

"상어 지느러미 수프부터 내오세요. 닭고기와 햄을 약간 섞어서. 그런 다음 구운 오리 반 마리와, 생강 소스를 끼얹은 새우 요리를 내오세요. 잉어찜도 함께 내오고."

설사 손님 한 사람을 위해서 이토록 많은 음식을 주문하는 것에 놀랐다고 해도, 종업원은 감히 그런 말을 입 밖에 내지 못한다. 내가 이 종업원 딸의 나이 정도밖에 안 된다 하더라도, 나는 엄연한 주인마님인 것이다.

한웨이가 말했다.

"당신 주인네 식구가 난징으로 돌아왔을 때, 당신이 함께 돌아왔을까 하고 찾아갔소. 그런데 당신이 미국에 남았다는 말을 듣고 얼마나 놀랐는지 당신은 짐작도 못할 거요!"

나는 한웨이에게 차를 한 잔 따라 주었다.

"워너 씨네는 더이상 보모가 필요 없었지요. 두 아이 다 자라서 난징의 학교에 보내도 될 나이가 되었거든요."

한웨이는 묵묵히 차를 마시다가 마침내 입을 열었다.

"물론 당신은 다른 미국인 선교사 집에서 일자리를 찾을 수 있었겠지. 영어를 잘 하는 보모를 환영하는 집은 많았을 테니까."

나는 가볍게 말했다.

"하지만 보모 노릇하는 게 지겨웠어요."

사실은 그게 아니었다. 나는 아이들을 참 좋아했고, 아이들을 돌보는 것이 즐거웠다.

"그건 그렇고 당신 이야기 좀 해 봐요. 여기 미국에서 뭘 하고 있는 거죠?"

한웨이는 벌써 3년이 넘게 일리노이 대학에서 공부를 하고 있다고 설명했다.

"화학을 전공하고 있소. 내후년이면 졸업을 하게 되오."

"아직도 일리노이에서 공부를 하고 있다면서, 샌프란시스코에는 웬일이죠?"

"집에 다니러 가는 중이오. 어머님이 중환이라는 소식이 왔소."

한웨이의 어머니인 리우 부인의 이야기를 듣자, 나는 마음이 씁쓸해졌다. 리우 부인은 한웨이와 나를 파혼시킨 장본인이었다. 하지만 씁쓸한 마음도 잠깐뿐이었다.

한웨이가 설명을 계속했다.

"배가 출발하기 전까지 며칠 말미가 있소. 일리노이 대학은 시골에 있기 때문에 괜찮은 중국 식당이 없소. 중국 음식이 너무나 그리웠지. 그래서 샌프란시스코를 지나가는 길에 제대로 된 음식이나 먹어 볼까 해서 차이나타운에 들른 거요."

한웨이는 잠시 말을 멈추더니, 한숨처럼 내뱉었다.

"그런데 여기서 당신을 만날 줄은 꿈에도 몰랐소!"

한동안 침묵이 흘렀다. 이 무거운 정적을 깨기 위해, 나는 이것저것 묻기 시작했다.

"졸업하면 뭘 할 작정이세요? 중국으로 돌아가서 일자리를 찾을 건가요?"

한웨이는 고개를 끄덕였다.

"그렇소. 벌써 날 기다리고 있는 자리가 있다오. 중국은 전문적인 지식을 가진 사람들이 절실하게 필요하오."

많은 경험이 한웨이를 성장시킨 모양이라고, 나는 생각했다. 한웨이는 더이상 나약한 응석받이 부잣집 도련님이 아니었다. 기꺼이 일을 할 준비가 된 어엿한 청년이었다.

"당신이 이렇게 변한 걸 보면, 당신 부모님도 깜짝 놀라시겠어요."

상어 지느러미 수프가 나왔다. 내가 수프를 한 국자 떠서 그릇에 담아 주자, 한웨이의 눈빛이 번쩍 빛났다. 다른 음식들이 잇달아 나왔다. 한웨이는 먹느라 너무 바빠서 말할 틈도 없었다. 정신없이 먹는 그 모습을 지켜보며, 나는 웃음을 참아야만 했다. 한웨이는 내가 음식을 덜어 줄 때까지 기다리지 못하고, 접시로 손을 뻗기도 했다. 중국 음식에 몹시 굶주렸던 것이 분명했다.

마침내 먹는 속도가 느려지더니, 한웨이는 천천히 생선 뼈에 붙은 살을 발라 먹기 시작했다.

한웨이가 말했다.

"나만 변한 것이 아니오. 우리 부모님도 변했소. 그 분들이 얼마나 개화되셨는지 알면, 당신도 놀랄 거요."

"전족을 하지 않은 여자도 받아 주실 만큼 변하셨나요?"

도저히 묻지 않을 수가 없었다.

한웨이는 조심스럽게 젓가락을 내려놓았다. 그리고 한동안 찻잔을 응시하며 아무 대답도 하지 못하더니, 마침내 고개를 들고 나를 바라보았다. 그 눈빛에는 회한과 슬픔이 가득했다.

"왜 기다리지 않았소, 아이린? 뭣 때문에 미국 사람 집으로 도망쳐 버린 거요?"

나는 왜 도망을 쳤을까? 한웨이를 처음 만났던 시절이 떠올랐다. 그래, 그때부터 이 모든 일이 시작되었던 것이다. 나는 다섯 살이었고, 한웨이는 일곱 살이었다.

한웨이 도령

우리 타오 집안은 쉰 칸도 넘는 큰 집에 다 함께 모여 살았다. 집 주위는 온통 담으로 둘러싸여 있었다. 할아버지는 집안의 최고 어른으로, 슬하에 아들 둘을 두셨다. 바로 우리 아버지와 큰아버지였다. 두 분 모두 처자식과 하인들을 거느리고 한집에서 살았다. 하지만 큰아버지 식구들과 우리 식구들은 마당으로 둘러싸인 별채에서 따로따로 살았다. 나는 주로 우리 부모님과 두 언니, 남동생과 함께 우리 별채에서 지냈지만, 이따금 다른 별채로 놀러 가기도 했다.

내가 갓난아기였을 때, 내 유모는 시골에서 올라온 튼튼

한 아낙이었다. 유모는 자식을 잃고 젖이 남아돌았던 것이다. 유모의 품에 안겨 젖을 빨면서 유모가 흥얼거리는 자장가 소리를 들었던 기억이 희미하게 남아 있다. 더 커서 유모가 필요 없게 된 후에도, 나는 툭하면 유모의 넓은 무릎 위로 기어 올라가서 옛날이야기를 들었다. 그리고 유모의 말투가 우리 집 사람들과는 다르다는 걸 알아차렸다. 내가 네 살 때 유모는 시골로 돌아가야만 했다. 가끔 유모의 다정한 얼굴과 한없이 따뜻했던 품, 구수한 시골 말씨가 미칠 듯이 그리웠다.

부모님은 유모를 대신해서 보모를 들이셨다. 보모는 상냥하고 말씨도 숙녀다웠으나, 엄한 눈초리로 털끝만 한 잘못 하나 놓치는 법이 없었다. 나는 쉴새없이 야단을 치고 잔소리를 하는 보모가 미워 죽을 지경이었다. 그래서 일부러 옛날 유모가 쓰던 사투리로 말대답을 하곤 했다.

보모를 약 올리는 가장 좋은 방법은, 보모가 부를 때 멀리 도망가서 숨는 것이었다. 내가 약혼자를 처음 만나던 날도, 바로 그런 짓을 하고 있을 때였다. 나는 아직 다섯 살이 채 안 된 꼬마였지만, 보모는 전족을 했기 때문에 내가 훨씬 더 잘 달릴 수 있었다. 그러므로 보모를 피해 달아나는 것쯤은 문제도 아니었다. 나는 별채 마당을 서로 이어 주는 둥근 대문을 깡충깡충 뛰어다니고 있었다.

그러다가 향기가 나는 향나무 뒤에 웅크리고 숨었다. 그리고 보모가 "셋째아가씨!" 하고 부르는 소리를 들으며, 킬킬거리는 웃음을 간신히 참고 있었다. 항상 참기름을 바른 듯이 간드러진 보모의 목소리는 곧 높고 날카로운 소리로 변했다.

그때 또 다른 목소리가 들렸다.

"아이린, 우린 지금 월병 먹는다! 할머니 방에 손님들이 오셨어."

둘째언니였다. 월병이라고! 달콤한 콩 고물과 호두, 잣, 그 밖에 온갖 맛있는 것들로 속을 꽉꽉 채운 그 조그맣고 둥근 과자는 내가 가장 좋아하는 것이었다.

나는 나무 뒤에서 머리를 쏙 내밀었다.

"나 여기 있어! 한 달도 넘게 여기 꼭꼭 숨어 있으려고 했는데!"

둘째언니가 깔깔 웃었지만, 보모는 조금도 즐거운 표정이 아니었다. 보모는 내 손목을 아프도록 꽉 움켜쥐었다가, 내가 얼굴을 찡그리는 것을 보고 놓아주었다. 나중에 다른 식으로 벌을 줄 궁리를 하고 있음에 분명했다. 하지만 둘째언니가 지켜보는 앞에서는 그럴 수 없었을 것이다.

"할머니 손님이 누구야?"

문 두 개를 지나 할머니가 거처하고 있는 안마당으로 서둘러 걸어가면서, 내가 언니에게 물었다.

"젊은 마님이신 리우 부인과 아드님이셔."

둘째언니는 문득 걸음을 멈추더니 나를 바라보았다.

"단추를 잘못 채웠네. 할머니께서 너더러 예쁘게 단장하고 오라고 하셨어."

"내가 왜 예쁘게 단장해야 하는데?"

보모가 내 옷의 첫 번째 단추를 풀더니 제대로 다시 채워 주었다.

둘째언니가 빙그레 웃었다.

"큰언니랑 나까지 모두 자리를 정했으니, 이젠 네 차례가 온 거지."

둘째언니는 손가락에 침을 묻혀서 내 뺨에 묻은 얼룩을 지워 주었다.

"그게 무슨 소리야? 모두 자리를 정했다는 게 무슨 말인데?"

보모가 놀리는 미소를 지으며 말했다.

"그건 혼처가 정해졌다는 말이에요. 이제 셋째아가씨도 시집 갈 상대를 정할 때가 온 거죠."

둘째언니가 말했다.

"내 생각에 사실 넌 아직 너무 어린데. 다섯 살도 채 안 됐잖아."

나는 둘째언니를 보며 웃음이 비어져 나왔다. 언니는 겨우 열세 살밖에 안 됐으면서, 다 자란 처녀처럼 보이려고 머리카락을 연신 매만지고 있었던 것이다. 어쩌면 사람들이 자기를 할머니로 봐 주길 바라는지도 몰랐다.

보모가 말했다.

"혼처는 아무리 빨리 정해도 지나치지 않은 법이랍니다. 어떤 아기씨들은 태어나기도 전에 정혼부터 하는걸요."

나는 그만 웃음을 터트렸다.

"말도 안 돼! 그러다가 둘 다 여자아이가 태어나거나 남자아이가 태어나면 어떻게 해?"

사실 난 혼례가 뭔지 정확히 몰랐지만, 남자아이들끼리나 여자아이들끼리 하는 게 아니라, 남자와 여자가 하는 거라는 정도는 알고 있었다.

"모르는 소리 하지 마세요."

보모가 면박을 주었다. 그리고 잠시 숨을 고르더니 좀더 침착한 목소리로 말했다.

"물론 두 아기가 같은 성으로 태어나면, 그 정혼은 없었던 일이 되겠지요."

둘째언니가 재촉했다.

"어서 가자. 서둘러야겠어. 안 그러면 할머니께서 불같이 화를 내실 거야."

할머니를 만나는 건 언제나 즐거운 일이기 때문에, 나는 단박에 앞장서서 달려갔다. 가다가 가끔 걸음을 멈추고 언니와 보모를 초조하게 기다려야만 했다. 두 사람은 약간 비틀거리며, 종종걸음으로 천천히 내 뒤를 따라왔다. 전족을 했기 때문이었다.

할머니의 거처로 들어가는 대문 앞에 이르자, 보모는 절을 하고 자리를 떠났다. 둘째언니와 나는 대문 안으로 들어가 할머니에게 인사를 했다

할머니가 재촉했다.

"어서 오너라, 어서 와. 왜 이렇게 늦었느냐?"

그러더니 손님들을 향해 몸을 돌렸다.

"여기 이 보잘것없는 두 여식이 제 손녀딸들이랍니다. 이 여식들이 괜히 태어나서 이 늙은이의 말년을 고단하게 하는군요."

나는 물론 할머니의 퉁명스러운 말투에 속지 않았다. 나를 위해서라면 세상 뭐라도 아까워하지 않을 분이라는 것

20

을 잘 알고 있었던 것이다. 할아버지는 할머니보다는 조금 더 무서웠지만, 하루 종일 서재에 들어앉아 케케묵은 책만 읽고 있기 때문에 별로 뵐 일도 없었다. 내가 진짜로 무서워하는 어른은 아버지의 형인 큰아버지뿐이었다. 큰아버지와 아버지는 함께 계실 때가 많았는데, 큰아버지는 어린 계집애들이 너무 드세다면서 투덜거렸다.

할머니는 바지 위에 평소에 입는 긴 비단 저고리를 입고 계셨다. 그리고 머리 위에는 정교하게 깎은 옥으로 장식한 검은 융단 머리띠를 하고 계셨다. 할머니를 찾아온 손님들은 어떤 부인과 나보다 더 큰 남자아이였다. 아마 일고여덟 살쯤 된 것 같았다. 그 부인은 우리 사촌오빠들의 부인들과 마찬가지로 최신 유행하는 옷을 우아하게 차려입고 있었다. 발목까지 오는 긴 치마 위에 엉덩이를 살짝 덮는 비단 저고리를 입은 옷차림이었다. 우리 할머니는 여자가 치마를 입는 것은 서양것들에게서 배운 못돼먹은 풍습이라고 입버릇처럼 말씀하셨기 때문에, 나는 할머니가 언제쯤 손님을 야단치실까 흥미진진하게 기다렸다. 하지만 할머니는 언짢은 내색 한번 하지 않았다.

부인은 빙그레 미소를 지으며, 우리를 향해 고개를 끄덕였다.

"그런 말씀 마세요, 타오 마님. 둘째손녀따님이 악기에도 능하고 자수도 잘 놓는 재원이라는 걸 익히 알고 있답니다."

할머니가 순순히 인정했다.

"사실 둘째여식은 별로 흠잡을 데가 없지요. 정작 제 속을 끓이는 건 이 막내 녀석입니다. 저 꼴 좀 보세요! 다섯 살이 다 되었는데 아직도 선머슴처럼 뛰어다니기나 하고 말입니다."

리우 부인은 고개를 돌려서 나를 뚫어지게 바라보았다. 입가에는 미소가 어려 있었지만, 가늘게 뜬 눈으로는 사소한 흠도 놓치지 않을 것 같았다.

"아주 튼튼한 것 같군요. 더 크면 장안이 알아주는 미인이 되겠어요. 마님처럼 말입니다."

할머니가 코웃음을 쳤다.

"그게 다 무슨 말씀입니까! 다 큰 처녀가 될 날이 멀지 않았는데, 미인이 될 기미조차 없는걸요."

리우 부인은 계속해서 꼼꼼하게 나를 살펴보았다. 나는 몸이 뒤틀리는 것만 같았다. 부인의 시선이 내 발에 이르자, 부인은 깜짝 놀라 소리쳤다.

"아직도 발을 묶지 않으셨나요?"

할머니는 몹시 당황한 기색이 역력했다.

"내가 너무 응석받이로 키웠지요. 나도 압니다. 내가 그 이야기를 꺼낼 때마다, 우리 아들이 자꾸 이 핑계 저 핑계를 대는 바람에……."

무거운 침묵이 흘렀다. 나는 그 이유를 알지 못했지만, 뭔가 잘못되었다는 것을 알아차릴 수 있었다.

마침내 리우 부인이 입을 열었다.

"타오 마님, 여자애들은 일단 발을 묶어 놓으면 뛰며 돌아다니질 않게 되지요. 그리고 자수 같은 규수다운 일에 시간을 쏟기 마련입니다."

자수라니! 언니들처럼 몇 시간이고 의자에 앉아서 천 조각에 바늘을 꼽았다 뺐다 하는 일보다 더 끔찍한 일은 상상할 수도 없었다. 게다가 뛰어다니지 못하게 하다니…….

바로 그때 할머니네 하녀 둘이 다과를 가지고 들어왔기 때문에, 나는 자수에 대해서 까맣게 잊어버렸다. 하녀는 어른들을 위해서 잘 빚은 도자기 잔에 차를 따랐다. 둘째 언니는 어른 대접을 받았는데, 언니의 입가에 떠오른 미소를 보니 그게 꽤 기쁜 모양이었다. 언니는 의젓한 자세로 잔을 들더니 조심스럽게 차를 한 모금 마셨다. 하지만 차가 너무 뜨거운지 그만 푸 하고 내뿜고 말았다. 나는 킬킬

웃고 싶은 걸 간신히 억눌러야 했다.

리우 부인이 나지막이 중얼거렸다.

"차가 참 향기롭군요. 타오 마님 댁 용정차 맛이 일품이라는 건 모르는 사람이 없지요."

할머니가 대답하셨다.

"참으로 과찬이십니다, 리우 부인. 차 상인한테, 우리 집으로 차를 보낼 땐 반드시 동이 트기 전 첫 새벽에 딴 찻잎으로 만든 것만 보내라고 일러두기는 합니다만."

차에 대한 대화가 이어지자, 나는 그만 지겨워졌다. 나는 윤기 나는 갈색 월병이 놓인 커다란 접시로 눈길이 쏠렸다. 입을 진짜, 진짜 크게 벌리기만 한다면, 한입에 딱 들어갈 만한 크기였다. 하지만 언젠가 월병을 통째로 삼켰다가 목이 메어 죽을 뻔한 적이 있었다. 이제 월병을 먹는 가장 좋은 방법은 조금씩 깨물어 먹는 거라는 걸 나도 알고 있었다.

월병의 겉만 봐서는, 어느 것이 내가 가장 좋아하는 오리 알 노른자로 속을 채운 것인지 알 수가 없었다. 그렇다고 원하는 것을 찾으려고 이것저것 뒤적일 수는 없는 노릇이었다. 할머니는 나와 리우 부인의 아들에게 월병을 하나씩 집어 주고는, 조용히 얌전하게 있으라고 했다.

어른들이 대보름날에 대해서 이야기를 나누는 동안, 나는 내 월병을 조금씩 깨물어 먹으면서 호기심 어린 눈으로 남자아이를 살펴보았다. 그 아이는 통통하고 나보다 조금 더 키가 컸다. 얼굴에서 가장 인상적인 것은 눈썹이 보통 사람들보다 조금 더 높이 이마 쪽으로 올라붙은 것이었다. 그 때문에 뭔가에 놀란 듯한 인상을 풍겼다.

그 아이는 목이 메는 게 두렵지 않은 듯, 단 세 입에 월병을 끝내 버렸다. 그리고 손가락을 핥으며 나를 빤히 바라보았다.

나는 그 아이의 시선이 두렵지 않았다. 남자 사촌들과 눈싸움을 해도 항상 이겼던 나였다.

잠시 후에 내가 물었다.

"넌 이름이 뭐야?"

그 아이가 대답했다.

"한웨이. 난 일곱 살이고 넌 다섯 살밖에 안 됐어. 그러니까 내가 두 살 더 많아."

내가 물었다.

"그럼 너 공부도 해?"

나는 진작부터 집안에 선생님을 모시고 공부를 해서 글씨 쓰는 법도 이미 깨우쳤기 때문에 자부심이 대단했다.

한웨이가 쏘아붙였다.

"당연히 학교에 다니지! 공립학교에 다녀!"

"공립학교가 뭐야?"

내가 알고 있는 학교라고는 할아버지가 고용한 선생님들이 집에서 아이들을 가르치는 것뿐이었다.

한웨이가 설명했다.

"공립학교는 서로 다른 집안의 남자아이들이 함께 모여서 공부하는 곳이야."

나는 깜짝 놀랐다.

"다른 집안 아이들? 그렇다면 아무 집안 아이들이나 만난단 말이니?"

"당연히 아니지! 우리 학교에 다니는 아이들은 학비를 낼 수 있을 만큼 잘사는 집 아이들이야."

"날마다 밖에 나가서 다른 집 아이들과 함께 공부한다니, 정말 신나겠다."

나는 부러워서 어쩔 줄 몰라했다.

"뭐 그렇지."

한웨이는 대수롭지 않은 듯이 말했지만, 내 반응에 무척 의기양양해하는 기색이었다.

"난 다른 아이들이랑 같이 학교에서 점심도 먹어."

"모두 다 똑같은 음식을 먹는단 말이야?"

우리 집안에서는 다 함께 모여 공부를 하다가도 각자 자기네 별채로 돌아가서 점심을 먹었다. 요리사가 내가 무엇을 좋아하는지, 무엇을 싫어하는지 훤히 알고 있기 때문이었다. 우리 사촌들도 각자 자기네 별채로 돌아갔다.

한웨이가 말했다.

"당연히 모두 다 똑같은 음식을 먹는 건 아니지! 점심때가 되면, 우리 집 하인이 음식을 가지고 와. 하지만 먹을 때는 다 함께 같은 식탁에 둘러앉아서 먹어. 점심시간에는 마음껏 떠들어도 되거든. 너무 시끄럽게 굴지만 않으면 말이야."

내가 말했다.

"나도 그 공립학교라는 데 다니면 좋겠다."

한웨이가 말했다.

"넌 안 돼. 넌 여자애잖아."

"여자애라고 해서 집 밖에 있는 학교에 다니면 안 된다는 법이 어딨어?"

나는 지지 않고 따지고 들었다. 하지만 사실 자신은 없었다. 남자애들은 할 수 있지만 여자애들은 절대 할 수 없는 일이 있다는 말을, 어머니나 보모한테 귀가 따갑도록 들었기 때문이었다.

"그렇지만 내가 학교에서 배운 걸 너한테 가르쳐 줄 순 있어. 너만 좋다면 말이야. 우린 과학이란 걸 배워. 어떻게 얼음이 녹아서 물이 되는지, 뭐 그런 걸 배우는 거지."

집에서 하는 공부는 대부분 옛날 경전에 나오는 구절을 외우는 것이었다. 나보다 더 나이 많은 남자아이들도 마찬가지였다.

나는 한웨이의 이야기에 홀딱 빠져서 물었다.

"과학에서 또 뭘 배우는데?"

한웨이가 대답했다.

"천문학을 배워. 그건 태양과 달과 별들에 대한 거야."

한웨이는 계속해서 일식에 대해서, 어떻게 달이 태양과 지구 사이에 들어서는지 설명해 주었다. 우리 집 보모는 나에게 일식이란 하늘의 개가 태양을 물어서 생기는 거라고 가르쳐 주었다. 그러니까 개를 쫓아내기 위해서 큰 소리로 징을 울려야만 한다는 것이었다. 한웨이의 설명을 듣고 있으니, 온몸에 전율이 일었다. 과연 내 남자 사촌들 중에 이런 이야기를 나에게 해 줄 사람이 하나라도 있을까? 내 사촌들이 하는 짓이라고는 아무 짝에도 쓸모없는 계집 애라고 나를 놀리는 것뿐이었다.

"과학 말고도 영어라는 걸 배우는데, 우리 선생님들 중에는 코쟁이들도 있어. 그러니까 영어는 그 사람들이 쓰는 말이야."

코쟁이란 바다 건너에서 온 외국인들을 말했다.

"그 코쟁이들은 어떻게 생겼어?"

한웨이는 눈썹을 더 높이 치켜뜨며 잠시 생각에 잠겼다.

"글쎄…… 그 사람들은 더울 때면 얼굴이 분홍색이 돼. 그리고 온몸에 털이 많아. 손등에도 털이 텁수룩해!"

한웨이가 목소리를 낮추었다.

"내 친구가 그러는데, 코쟁이가 소매를 걷어붙인 걸 봤대. 그런데 팔도 온통 털투성이라지 뭐야!"

나는 부르르 몸을 떨었다.

"그 코쟁이들은 원숭이 후손인가 보다. 그렇게 털이 많은 사람은 한 번도 못 봤어."

한웨이가 고개를 저었다.

"코쟁이들도 사람이야. 일단 친해지고 나면, 이상하게 생긴 건 잊어버리게 돼. 학교에 가면 공부할 게 너무 많아서, 선생님이 코가 큰지 팔뚝에 털이 많은지 신경 쓸 틈도 없어."

한웨이가 학교에서 배운다는 것들 중에서, 나는 그 영어라는 게 가장 궁금했다.

"그러니까 너도 그 영어라는 걸 할 수 있니? 넌 코쟁이가 아닌데도?"

"물론이지."

한웨이는 마치 준비운동을 하듯이 몇 번이나 입을 뻐끔거렸다. 그 모습을 보고 나는 웃지 않을 수 없었다. 우리 집 연못에 있는 금붕어가 떠올랐기 때문이었다. 그렇지만 한웨이는 아마도 내가 자기를 좋아하는 줄 알았던 모양이었다. 한웨이는 나를 보고 빙그레 미소를 지었다. 그리고는 힘겹게 영어 단어 몇 개를 발음했다. 굉장히 이상하게 들렸다. 내가 지금까지 들어 본 어떤 소리와도 달랐다.

나는 한웨이의 발음을 따라 해 보려고 애를 썼다. 나는 다른 사람의 말투를 흉내내는 재주가 있었다. 종종 사촌들의 특이한 말버릇을 따라 해서 약을 올리곤 했다.

한웨이가 감탄했다.

"와, 그럴듯한데! 네가 좋다면, 영어를 더 가르쳐 줄게."

나는 깊이 감동을 받았다.

"고마워. 하지만 네가 왜 그런 수고를 해 주는 거지?"

한웨이가 어깨 너머로 힐끗 자기 어머니를 보며 물었다.

"아직 얘기 못 들었니?"

한웨이의 어머니는 아직도 할머니와 소곤소곤 이야기를
주고받고 있었다.

한웨이는 나를 향해 고개를 돌리더니 빙그레 웃었다.

"난 네 신랑이 될 거니까."

언니의 발

리우 부인과 한웨이가 다녀가고 나서 이틀 뒤에, 어머니는 아버지에게 서둘러 내 발을 묶어야겠다고 했다

우리들은 마당에 앉아서 활짝 핀 국화를 심은 온갖 색깔의 화분을 감상하고 있었다. 나는 남동생과 함께 놀고 있었는데, 돌이 다 된 동생은 막 걸음마를 배우는 중이었다.

아버지가 대답했다.

"아직 너무 어리지 않소?"

그리고 찻잔을 내려놓더니 나를 바라보았다. 나는 아버지의 눈에 수심이 가득한 것을 보고 왠지 겁이 났다.

어머니가 말했다.

"저 아이도 곧 다섯 살이 됩니다. 다른 여자애들은 그보다 더 일찍 전족을 하지요. 일전에 리우 부인이 아이린을 보고, 아직도 발을 묶지 않은 것을 알고 크게 충격을 받았답니다. 게다가 아이린이 너무 활달하다고 한마디 하더군요. 너무 버릇없고 드세다는 뜻이지요. 발을 묶으면, 저 아이도 더이상 사내아이처럼 뛰어다니지 못할 거예요."

나는 남동생을 바라보았다. 동생은 국화 화분을 향해 아장아장 걸어가고 있었다. 몇 년 후면, 동생도 내 사촌들처럼 신나게 이곳을 뛰어다닐 수 있을 것이다. 남자아이들은 마음대로 뛰어다닐 수 있는데, 왜 나는 안 되는 것일까?

아버지가 한숨을 쉬었다.

"리우 집안과 혼사를 맺기 전에 몇 년 더 기다리면 안 되는 거요? 나는 이렇게 서둘러서 혼처를 정하고 싶은 마음이 전혀 없소."

아버지는 빙그레 웃었다.

"우리도 열네 살이 되어서야 정혼을 했잖소. 그래도 별로 나쁘지 않았잖소, 안 그렇소?"

하지만 어머니는 웃지 않았다.

"아이린이 서둘러 발을 묶지 않으면, 리우 집안에서는 다른 집에서 한웨이 도령의 짝을 찾을 게 분명합니다. 모두들 그 집안에 자기 딸을 주지 못해서 난리니까요. 리우 가문의 세도가 굉장하잖아요."

어머니는 목소리를 낮추었다.

"게다가 신부의 몸값도 톡톡히 보내 주기로 했답니다. 우리가 농사로 손해를 많이 입었으니……."

어머니는 계속 말을 이었다. 하지만 나는 더이상 듣고 있을 수가 없었다. 얼른 둘째언니를 찾으러 달려갔다. 발을 묶는 게 어떤 일인지 분명히 알아야만 했다. 나에게 진실을 말해 줄 사람은 이 집안에서 둘째언니밖에 없었다. 어머니와 보모는 나를 자기들이 원하는 대로 만들기 위한 말만 할 뿐이었다.

둘째언니는 마당에서 누에 접시를 살피고 있었다. 누에는 벌써 고치를 짜고 있었다. 그래서 보이는 것이라고는, 크기만 작다뿐이지 생긴 건 꼭 비둘기 알 같은, 솜털이 덮인 작은 공들뿐이었다.

둘째언니가 말했다.

"이거 봐! 여기 연한 초록빛을 띠는 것이 있지! 이런 색깔을 띠는 게 많이 있으면 좋을 텐데. 그러면 염색을 하지 않아도, 아름다운 녹색 비단실을 얻을 수 있을 거야."

둘째언니는 나에게도 누에 몇 마리를 주고 기르는 방법

을 가르쳐 준 적이 있었다. 하지만 나는 그때 막 집안에 모신 선생님 밑에서 공부를 시작했으므로, 누에에게 뽕잎을 주는 것을 자꾸 잊어버렸다. 겨우 누에를 기억했을 때에는, 이미 빳빳하게 몸이 굳어 죽은 뒤였다.

나는 둘째언니의 누에고치에 정신이 팔려서 하마터면 물어보려던 것을 잊어버릴 뻔했다.

"예쁜 저고리를 한 벌 만들려면 누에고치가 얼마나 있어야 해?"

둘째언니가 깔깔 웃었다.

"수백 마리, 아니 수천 마리쯤! 난 비단실을 얻으려고 누에를 키우는 게 아니야. 그냥 취미야."

언니가 나를 살펴보았다.

"왜 그래? 무슨 일 있니?"

나는 둘째언니의 발을 내려다보고, 뭐라고 할 말을 찾지 못했다. 내가 기억하는 한, 두 언니의 발은 항상 조그맣고 쐐기 모양이었다.

나는 마침내 불쑥 말을 내뱉었다.

"언니 발은 어떻게 그렇게 뾰족한 신발을 신을 수 있을 정도로 작아졌어?"

한참 동안 말이 없더니, 둘째언니가 한숨을 내쉬었다.

"그렇구나. 어머니가 발을 묶자고 하신 거구나. 사실 넌 너무 늦었어. 나는 네 살도 되기 전에 발을 묶었단다."

"아팠어? 울었어?"

둘째언니는 재빨리 태연한 척 얼굴을 폈다. 하지만 나는 벌써 고통스럽게 찡그린 언니의 표정을 보고 말았다.

나는 둘째언니가 제발 그렇지 않다고 대답해 주기를 간절해 바라면서 다시 물었다.

"아프지, 그렇지?"

하지만 언니는 또다시 한숨만 쉴 뿐이었다. 그러더니 나를 바싹 끌어안고 내 뺨을 쓰다듬어 주었다.

"우리 여자들은 모두 이런 시련을 겪어 왔단다. 어머니도, 할머니도, 큰언니도, 리우 부인, 네 부모두 모두 다 말이야. 여자로 사는 건 힘들고 고단한 거란다. 이제 몇 년 후면 너도 한 달에 한 번 피를 흘리게 될 거야."

나는 이미 월경이 뭔지 알고 있었다. 왜냐하면 보모의 피 묻은 서답을 본 적이 있기 때문이었다. 그때 문득 뭔가 기억이 떠올랐다.

"여자라고 다들 전족을 하는 건 아니야! 내 유모는 발이 남자 발 같았는걸! 뒤뚱거리며 다니지도 않았어."

나는 둘째언니를 올려다보았다.

"그래서 엄마가 유모를 보내 버린 거야? 발이 커서?"

둘째언니가 웃음을 터트렸다.

"그건 당연히 아니지! 넌 참 궁금한 것도 많구나."

언니는 고개를 숙이더니, 비단 누에 몇 마리를 손가락으로 뒤척이며 뭔가 생각에 잠겼다. 그리고는 마침내 결심을 굳힌 것 같았다.

"오늘 밤 내가 발을 씻을 때, 내 방으로 와. 그럼 내가 발을 어떻게 이 신발 속에 집어넣는지 보여줄게."

나는 둘째언니의 눈에도 아까 아버지의 눈에 떠올랐던 것과 똑같은 서글픈 빛이 가득한 것을 보았다. 그 일로 마음이 어찌나 심란해졌던지, 그날 저녁에는 배고픈 줄도 몰랐다.

때때로 아버지가 남자 손님들을 맞을 때에는, 언니와 나는 어머니나 할머니와 따로 밥상을 받았다. 오늘 밤에는 큰아버지가 우리 부모님과 함께 저녁을 드시기로 했다. 하지만 큰아버지는 한가족이기 때문에, 우리 여자들도 한자리에서 저녁을 먹었다.

큰아버지는 아이들을 싫어하는 것 같았다. 특히 여자애들은 더 싫어했다. 그러므로 큰아버지가 옆에 있을 때는 얌전히 있으려고 애를 썼지만, 가끔 그 사실을 잊어버리고 큰 소리로 떠들 때가 있었다. 그러면 나는 큰아버지가 나를 빈대처럼 짓뭉개 버리고 싶어한다는 느낌을 받았다.

밥상에 앉은 큰아버지의 근엄한 얼굴을 보자, 나는 안 그래도 없던 입맛이 싹 달아났다. 큰아버지는 식사를 하는 동안 딱 한 번 나를 힐끗 보더니, 아버지를 향해 고개를 돌렸다.

"아이린과 리우 도령은 아직 서로 선을 안 보았나?"

"리우 부인이 엊그제 아드님을 데리고 왔습니다. 어멈 말이, 두 아이가 서로 썩 잘 어울리는 것 같았답니다."

아버지가 나를 보고 미소를 지었다.

"너도 한웨이 도령이 맘에 들었지? 그렇지 않느냐?"

나는 너무 당황해서 뭐라고 대답도 못 하고 우물쭈물하고 있었다.

큰아버지가 버럭 소리를 질렀다.

"대답을 해! 요즘 어린것들은 대답 하나도 똑똑히 못 한단 말이야!"

그리고 눈을 부라렸다.

큰아버지의 마음에 들게 행동하는 것은 불가능했다. 만약 내가 제대로 대답을 했다면, 건방지다고 야단을 맞았을 것이다. 그런데 지금은 제대로 대답을 하지 않는다고 야단을 치다니!

큰아버지가 계속해서 불평을 늘어놓았다.

"그건 그렇고, 도대체 어린것들을 미리 만나게 해서 뭐 어쩌자는 거냐? 나와 내 첫째 부인은 혼례를 올리는 날 내가 신부의 붉은 면사포를 걷어 줄 때, 처음으로 서로의 얼굴을 봤다!"

솔직히 만약 큰어머니가 큰아버지의 얼굴을 미리 보았다면, 순순히 혼례를 치르기는커녕 비명을 지르며 달아나 버렸을 것이다.

아버지가 달래듯이 말했다.

"요즘은 세상이 변했답니다, 형님. 언제까지나 옛날 방식만 고집하고 살 수는 없지요."

"넌 항상 세상이 변했다는 말만 하는구나! 그게 다 네가 세관에서 일을 하기 때문이다. 그렇게 서양것들이랑 온갖 이상한 인간들을 허구한 날 만나고 다니니, 이상한 새 사상에 물들지 않고 배겨?"

아버지가 말했다.

"새로운 사상이라고 해서 다 이상한 건 아닙니다."

큰아버지는 눈살을 찌푸렸다.

"이젠 그 혁명가 놈들과 비슷한 소리까지 하는구나! 제국을 무너뜨리고 공화국을 세우자고 선동하는 불온한 말들을 나도 많이 들었다!"

아버지가 말했다.

"세상 밖에서 엄연히 일어나고 있는 일들을 모르는 척 눈 감고 있을 수는 없습니다. 수천 년 동안, 우리들은 스스로를 '중화국' 이라고 부르면서, 바깥사람들에게는 절대 배우려고 하지 않았습니다."

큰아버지가 소리쳤다.

"그래서 그르친 적이 있었느냐?"

아버지가 말했다.

"그르친 적도 많습니다! 외국 세력에 여러 번 패배하기도 하지 않았습니까? 사실 지금도 오랑캐인 만주족의 지배를 받고 있지 않습니까!"

큰아버지는 주위를 두리번거리더니 보통 때 왕왕 울리던 목소리를 한껏 낮추었다.

"말조심해라. 청나라 제국이 허약해진 것 같아도 아직 이빨은 남아 있다."

아버지가 대답했다.

"썩은 이빨이지요."

나는 아버지의 농담을 제대로 알아듣지 못했지만, 킬킬

웃음이 나왔다.

큰아버지는 무섭게 얼굴을 찌푸렸지만, 아버지 말에 반박을 하지는 못했다. 나는 큰아버지가 어느 누구보다도 아버지 말에 가장 잘 귀를 기울인다는 것을 눈치 챘다. 아버지는 누구에게나 온화한 태도를 보이셨지만, 굉장히 현명한 분이셨다. 내 눈에 비친 아버지는, 완벽한 중국 신사였다. 반면 큰아버지는 큰소리만 뻥뻥 쳤지, 선생님이 설명해 주신 전통적인 선비상에는 발끝도 미치지 못했다. 큰아버지가 요즘 젊은것들은 고전에 관심을 기울이지 않는다고 잔소리를 할 때마다, 나는 그 말을 해 드리고 싶었다. 물론 진짜로 그럴 만한 배짱은 없었지만 말이다.

아버지가 말을 이었다.

"1839년 아편전쟁만 해도 그렇습니다. 전쟁에 지는 바람에 홍콩을 영국에 넘겨줘야 하지 않았습니까?"

아편전쟁은 우리나라 사람들에게 치욕적인 사건이었다. 오죽하면 오직 경전만을 가르치기 위해 모셔 온, 우리 집안 선생님까지도 그 전쟁에 대해서 소상하게 알려주었다. 선생님 말씀에 따르면, 영국은 중국에 아편을 팔고 싶어했는데 우리 정부에서 아편 수입을 허락하지 않자, 전쟁을 일으켰다는 것이다. 이 전쟁의 패배로 우리나라는 어쩔 수 없이 아편을 받아들였고, 수천 명의 아편중독자들이 생겨나게 되었다.

큰아버지가 버럭 소리를 질렀다.

"우리가 아편전쟁에서 진 것은 순전히 린저쉬* 총독의 무능함 탓이다!"

"린저쉬 총독은 무능하지 않았습니다. 단지 중앙 정부로부터 필요한 지원을 받지 못했을 따름이죠. 게다가 총독의 군대는 영국의 우수한 무기에 맞설 수가 없었습니다."

"탐욕스런 서양 귀신들 같으니라고!"

큰아버지가 욕설을 내뱉었다. 나는 큰아버지가 분을 못이겨 당장이라도 벌떡 자리에서 일어나, 횡하니 방을 나가 버리면 좋겠다고 내심 기대했다. 큰아버지가 없으면, 저녁 식사 자리가 훨씬 더 화기애애했기 때문이었다. 하지만 큰아버지는 홧김에 애꿎은 밥그릇만 탁 하고 뒤엎었다. 하녀가 허둥지둥 달려오더니 밥을 새로 담았다.

아버지가 말했다.

"서양 귀신들이 가져온 것이라고 해서 모두 배척해서는

---

* 林則徐(1785.8.30~1850.11.22). 영국의 아편무역을 단속하고 아편 상자를 불태웠던 청나라의 정치가. 이로 인하여 영국과 청나라 사이에 아편전쟁이 일어났다.

안 됩니다. 리우 집안은 보수적이지만, 아들들은 서양인들이 운영하는 공립학교에 보내고 있지 않습니까?"

큰아버지는 다시 평소처럼 커다란 목소리로, 공립학교에서는 선비한테 하등 필요가 없는 천문학이니 삼각법이니 하는 쓸데없는 것만 가르친다면서 장광설을 늘어놓기 시작했다.

나는 우렁우렁 울리는 큰아버지의 목소리를 듣지 않으려고 했지만, 공립학교에 대한 이야기가 나오자 갑자기 귀가 솔깃해졌다. 그리고 한웨이가 그런 걸 배운다고 나에게 말했던 기억이 떠올랐다. 큰아버지가 못마땅해하는 공부라면 틀림없이 무척 재미있을 것이다.

한웨이를 생각하자, 문득 떠오르는 일이 있었다.

나는 신이 나서 말했다.

"리우 마님은 치마를 입고 오셨어요. 그건 서양 풍습이잖아요."

큰아버지가 호통을 쳤다.

"쪼끄만 계집애가 어른들 말씀에 끼어들다니! 누가 너더러 치마니 풍습 따위에 대해서 함부로 주둥이를 놀리라고 하더냐?"

잠깐 동안 나는 큰아버지가 또 밥그릇을 엎어서 깨뜨리

는 게 아닐까 겁이 났다. 큰아버지가 우리와 함께 저녁을 드실 때는 그릇이 여러 개 깨졌던 것이다. 다행히 요리사가 때맞추어 주옥 여덟 개를 박아 넣은 커다란 밥그릇을 얼른 들고 나가 버렸다. 그것은 우리 집에서 가장 아끼는 그릇이었다.

달콤한 후식이 나오자, 큰아버지의 노여움도 약간 가라앉았다. 그리고 대화는 다른 방향으로 흘러갔다. 하지만 수입 방직 옷감 이야기가 나오자, 큰아버지는 또다시 화를 냈다.

"모두들 수입 옷감만 산단 말이야. 그러니까 우리나라 옷감 짜는 사람들이 손으로 짠 옷감을 팔 수가 없잖아!"

아버지가 간단하게 이유를 말했다.

"방직 옷감이 훨씬 더 싸니까요. 덕분에 가난한 사람들도 새 옷을 입을 수 있는 여유가 생겼지요."

큰아버지가 말했다.

"이러다간 우리도 조만간 거지가 될 거야. 우리 집안 수입 중에서 상당 부분이 여자들이 베틀로 짠 옷감에서 나오고 있다. 그런데 올해는 지난해 수입의 사분의 일도 안 되고 있으니."

나는 방직 옷감이니 수직 옷감이니 하는 이야기에 진력

이 났다. 그래서 머릿속으로 둘째언니 방에 가서 언니가 발 씻는 모습을 구경할 일을 상상해 보았다. 그러자 갑자기 뱃속이 오그라드는 것 같았다.

저녁 식사는 오래 걸리지 않았다. 왜냐하면 음식이 한 번에 한 가지씩 나오는 것이 아니라, 한꺼번에 모두 상 위에 올라오기 때문이었다. 아이들이 각자 흩어지고, 어른들을 위한 물담뱃대가 나왔을 때에도, 가을 하늘에는 여전히 태양빛이 남아 있었다.

마당 저 너머로 커다란 황금색 가을 달이 막 솟아오르더니, 둘째언니 방의 날아갈 듯 휘어진 지붕 위에 앉아 쉬고 있는 것처럼 보였다.

둘째언니는 내 손을 잡으며 말했다.

"이리 와. 방으로 들어가자."

나는 뒤로 물러섰다.

"아직은 날이 밝은데. 좀더 놀아도 될 것 같은데."

"좋아. 더 놀고 싶으면 밖에서 더 놀아."

둘째언니는 재빨리 내 손을 놓았다. 어쩐지 안심하는 것 같은 눈치였다.

"너에게 억지로 뭘 보라고 하진 않아."

나는 심호흡을 했다. 어쨌든 알아야만 했다.

"아니야. 나도 방에 들어가서 볼 거야."

방 안에서는 하녀가 이미 뜨거운 물을 대야에 붓고 있었다. 큰언니는 시집 여자들 중 한 사람을 찾아가고 없었다. 큰언니는 열여섯 살이었고, 두 달 후면 혼례를 치를 예정이었다. 그래서 배워야 할 것이 많기 때문에 가능하면 젊은 새댁들과 시간을 보냈다.

하녀가 물을 다 붓고 나자, 둘째언니는 의자에 앉아서 발을 칭칭 동여매고 있는 하얀 끈을 풀기 시작했다. 끈은 아주 길었다. 영원히 다 풀지 못할 것 같았다. 둘째언니가 한쪽 발을 다 풀었을 때, 나는 아주 고약한 냄새가 나는 것을 느꼈다.

둘째언니가 물었다.

"지독하지? 안 그러니? 겹겹이 동여매고 있는 천에 땀이 배어서 이런 냄새가 나는 거야."

"언니는 발을 날마다 안 씻어?"

나는 그토록 깔끔한 언니의 발에서 고린내가 나리라고는 상상조차 하지 못했다.

둘째언니가 얼굴을 찌푸렸다.

"틈날 때마다 발을 씻긴 하는데, 워낙 천을 꽁꽁 매어놓아서 바람이 들어갈 틈이 없는 거야. 특히 날이 더울 때는 더 지독하단다."

양쪽 발을 다 풀고 나자, 둘째언니는 다리를 앞으로 내뻗어서 두 발을 따뜻한 물 속에 집어넣었다. 순간 언니가 한숨을 내쉬었다. 아파서인지, 편해서 그런지 알 수가 없었다.

나는 언니의 다리 끝에 달린 처참한 살덩어리를 멍하니 내려다보았다. 토할 것만 같았다. 지금까지 나는 둘째언니의 발끝에 아주 조그만 발가락들이 달려 있을 것이라고 상상해 왔다. 그렇지 않다면, 어떻게 그토록 끝이 뾰족하고 작은 신발을 신을 수 있겠는가?

하지만 이제 비로소 어떻게 언니가 그 쐐기 모양의 신발에 발을 쑤셔 넣는지 알 수 있었다. 엄지발가락은 아예 형체도 없이 문드러져 있었다. 다른 발가락들은 마치 밀가루 반죽을 접은 것처럼 발바닥 밑으로 억지로 말려 들어가 있었다. 그렇게 발가락을 접으려면 뼈를 부러뜨리는 수밖에 없었을 것이다.

전족을 하는 것은 둘째언니, 큰언니, 어머니, 할머니 그리고 그 윗세대의 여자들에게 크나큰 고통이었을 것이다. 그 고통은 잠깐만 겪는 것이 아니었다. 몇 주일, 몇 달, 몇 년 동안 끊임없이 계속되었을 것이다.

나는 스스로 맹세했다. 절대로 나에게 이런 짓을 하도록 내버려두지 않을 테야. 절대로 안 돼! 절대로!

파혼

사흘 뒤에 그들이 찾아왔다.

나는 평소처럼 아침 일찍 집안에 마련된 학교에 나가 있
었다. 공부하는 건 별로 어렵지 않았지만, 가끔 지루했다.
우리는 삼자경*을 공부하고 있었다. 이 책은 사람은 천성
이 착하다는 구절로 시작해서 중국 역사 전체를 요약하고
있었다. 아이들에게 읽히려고 씌어진 것이었지만, 사실 우
리는 그 내용을 잘 이해할 수가 없었다. 13세기에 씌어진

---

* 三字經. 중국에서 아이들에게 문자를 가르치는 데 사용한 대표적인
  교과서.

데다가, 말도 지금과는 많이 달랐다.

늘 그렇듯이 선생님은 뜻을 설명해 줄 생각은 하지 않고, 그저 문장을 외우라고만 했다. 우리는 아무 뜻도 모르고 무조건 다 같이 입을 모아 중얼중얼 소리 내어 외웠다.

그 다음에는 내가 가장 좋아하는 수업인 서예였다. 나는 작은 벼루에 먹을 갈 때 나는 냄새를 무척이나 좋아했다. 내 사촌인 큰아버지의 막내아들은 화선지에 먹물을 흘려서 소매로 그걸 가리느라 난리였다. 물론 그래 봤자 상황만 더 나빠질 뿐이었다. 큰아버지가 무척 엄했기 때문에, 아이들은 항상 자기가 한 짓을 숨기기에 급급했다. 그래서 어딘가 음흉했고, 나는 그런 사촌들이 마음에 들지 않았다.

공부가 끝나자, 나는 마당에서 국화 화분 위를 기어가는 딱정벌레를 지켜보며 놀고 있었다. 어머니와 보모, 그리고 하녀 둘이 서둘러 들어왔지만, 나는 누군가 들어오는 소리를 듣지 못했다. 도망가서 숨을 틈도 없이, 그들에게 붙잡히고 말았다.

어머니는 내 어깨를 두 손으로 꽉 누르며 말했다.

"가만히 있어라, 아이린. 때가 되었어."

내가 물었다.

"무슨 때요?"

그들의 손에 붙잡혀 억지로 방으로 끌려가는 동안에도, 나는 도대체 이번에는 무슨 잘못을 들켰을까 궁금해했다. 선생님께 건방진 태도로 말대꾸했다고 이러는 걸까? 보모의 국수 그릇에 벌레를 집어넣은 일? 큰언니가 신랑 될 사람 집으로 가져갈 짐을 꾸리고 있을 때, 언니 속옷을 몽땅 숨겨 버린 일일까?

하지만 내 방에 들어가자, 어머니는 나를 야단치는 대신 다정한 목소리로 말했다.

"명심해라. 이건 우리 여자들이 모두 겪는 일이란다. 어른이 되기 위해선 겪어야 하는 일이야."

내 심장이 빠르게 뛰기 시작했다. 나는 결코 어른이 되고 싶지 않았다. 바로 그때 하얀 무명 끈이 내 침대 위에 곱게 접혀 있는 것을 보았다. 나는 비로소 무슨 일이 벌어질지 깨달았다.

"싫어요! 싫어! 발 묶기 싫어요!"

나는 울었다.

어머니는 계속해서 부드러운 목소리로 나를 달랬다.

"아프지 않아. 그저 네 발을 천으로 묶기만 할 거야. 자르거나 부러뜨리려는 게 아니야. 맹세하마!"

나는 어머니의 말을 믿을 수 없어서 계속 버둥거렸다.

"아니에요. 그럴 거잖아요! 내 발을 부러뜨려서 발가락을 꺾을 거잖아요!"

어머니의 표정이 굳었다.

"발을 부러뜨린다고 누가 그러던? 발가락은 조금씩 저절로 구부러지는 거야. 거의 느끼지 못할 만큼 천천히 그렇게 되는 거란다."

나는 비명을 질렀다.

"아파요! 아프다고요! 난 알아요! 둘째언니 발을 봤어요! 거짓말하지 말아요!"

나는 몸부림을 쳐서, 간신히 하녀들의 손아귀에서 빠져나올 수 있었다. 그리고 방을 뛰쳐나왔다. 이번에는 내가 빨랐다. 나는 다른 누구보다도 더 빨리 달릴 수 있었다 내 발은 자유로웠으니까. 나는 둥근 문들을 지나서 도자기 화분들과 향나무와 석류나무들 사이로 이리저리 달려갔다. 나는 어른들이 모르는 숨을 곳을 수천 군데는 알고 있었다. 게다가 석류만 먹고도 며칠, 아니 몇 주일, 몇 달은 살수 있을 것 같았다.

보모와 하녀들의 목소리가 점점 희미해졌다. 나는 한 화분 뒤에서 걸음을 멈추고, 숨을 헐떡이며 웅크리고 앉았다. 이제 어떻게 해야 하지? 어쩌면 사촌들 중에 누가 나를 도와줄지도 모른다. 그들은 남자이고 전족을 하지 않았기 때문에, 자유롭게 다니고 싶어하는 나를 이해해 줄 수 있을 것이다.

하지만 한편으로는 나를 도와줄 것 같지 않았다. 사촌들은 게으르고 행동이 굼떴다. 게다가 나는 툭하면, 더듬더듬 경전을 외는 사촌들 흉내를 내며 놀려먹곤 했다. 그럴 때면 마치 큰아버지의 얼굴처럼 사촌들의 얼굴도 붉으락푸르락해졌다. 두 사촌이 아마 가장 먼저 나를 어른들에게 일러바칠 것이다.

시간이 흘렀다. 나를 찾는 사람들의 목소리가 점점 가까이 들렸지만, 나는 꼼짝하지 않고 앉아 있었다. 고양이가 가까이 있을 때, 참새가 꼼짝하지 않고 있는 것을 보고 터득한 요령이었다. 좀더 시간이 흘렀다.

그때 예상치 못했던 일이 일어났다. 아래쪽에서 묵직한 압박감이 느껴졌다. 오줌이 마려워진 것이다! 물론 바지를 내려서 땅에다 곧장 누면 간단한 일이었다. 하지만 어린 남동생이 뒤가 터진 바지를 입고 다니다가, 오줌이 마려우면 어디든 그대로 싸 버렸던 기억이 떠올랐다. 그러면 하인 하나가 항상 뒤를 따라다니다가, 똥오줌을 치우곤 했다. 그러지 않으면 그 자리에서 고약한 냄새가 났기 때문이었다. 만약 이 화분 뒤에서 오줌을 누면, 그 냄새 때문에 나는 견디지 못할 것이다.

결국 나는 장소를 바꿔 가며 요리조리 숨기 시작했다. 그러다가 마침내 부모와 언니들의 방이 있는 별채 가까운 곳까지 오게 되었다.

그때 목소리가 들려왔다. 화가 나서 잔뜩 높아진 어머니의 목소리였다.

"왜 그런 짓을 한 거냐? 도대체 어쩌자고 네 발을 아이린에게 보여준 거야?"

뒤이어 찰싹 하고 뺨을 때리는 소리가 났다. 마침내 둘째언니의 가느다란 목소리가 들려왔다.

"아이린은 진실을 알아야만 했어요. 그게 더 정직한 일이니까요. 전 아이린을 알아요. 어머니는 아이린을 속이지 못하세요. 아이린을 속이려고 하셨다가는 두 번 다시 어머니를 공경하지 않을 거예요."

어머니가 날카롭게 외쳤다.

"공경이라고! 자식은 당연히 부모를 공경하는 게 도리인 거야! 부모가 애써 얻을 필요가 없어!"

둘째언니가 대답했다.

"하지만 잃으실 수도 있지요."

또다시 찰싹 때리는 소리. 나는 덤불 뒤에서 고개를 내밀고 엿보았다. 어머니가 한 손으로 둘째언니의 머리채를 휘어잡고, 다른 한 손으로는 뺨을 때리고 있었다.

나는 더이상 보고 있을 수가 없었다.

"그만 하세요!"

나는 울면서 숨어 있던 곳에서 뛰어나와 어머니에게 달려갔다.

"언니 잘못이 아니에요!"

어머니는 얼어붙은 듯이 꼼짝도 하지 않았다. 그리고는 치켜든 팔을 내리더니 천천히 돌아섰다. 나를 바라보는 어머니의 얼굴에서 분노의 기색이 서서히 가셨다.

나는 소나기처럼 매가 쏟아질 것을 예상하고, 얼굴을 가렸다. 하지만 어머니는 나를 가만히 내려다보기만 하실 뿐이었다. 오랫동안 우리 세 사람은 꼼짝도 하지 않고 서 있었다. 나는 돌처럼 굳어진 어머니의 얼굴과 빨갛게 부풀어 오른 둘째언니의 뺨을 번갈아 쳐다보았다. 뜨겁게 달구어진 석탄 덩어리가 목구멍 속에 박힌 것 같았다.

마침내 어머니가 입을 열고 힘없이 중얼거렸다.

"네가 전족을 하지 않겠다고 하면, 어떻게 너한테 훌륭한 신랑감을 찾아 줄 수 있겠느냐?"

그리고 나를 때리지는 않고, 와락 끌어당겨 품에 꼭 안아주었다.

"가엾은 내 새끼, 넌 예쁘고 똑똑하지만 너무 고집이 세구나. 그러다가 언젠가 큰코 다칠 날이 있을 게다."

한동안은 더이상 전족 이야기가 나오지 않았다. 어른들은 집 밖에서 벌어지는 일에 온통 관심이 쏠려 있었다. 나는 '혁명'이란 말을 여러 차례 들었다. 하지만 내가 그 뜻을 물어보아도, 어머니는 그저 고개만 저을 뿐이었다.

"아이린, 넌 아직 어려서 이해하지 못할 게다."

수업을 받기 위해 모인 자리에서 사촌들은 온갖 끔찍한 이야기를 떠들어 댔다. 하지만 사촌들은 진짜로 무슨 일이 일어나고 있는지 나만큼도 알지 못했다.

사촌 하나가 말했다.

"혁명이란 모든 걸 다 뒤집어엎는 거래! 높은 나리가 하인이 되고, 거지가 주인이 되는 거지."

또 다른 사촌이 물었다.

"그럼 학생이 선생이 된단 말이야?"

나는 사촌에게 말했다.

"그걸 알아볼 좋은 기회가 온 것 같아. 저기 선생님이

오시니까."

사촌들은 슬그머니 꽁무니를 빼고 자기 자리로 돌아가서 얌전히 공부하는 척했다. 선생님은 우리 이야기를 들었는지 어쨌는지 아무 내색도 하지 않았다. 온통 딴 데 마음이 팔려 있는 것 같았다. 공부에 대해서 몇 마디 횡설수설하더니, 오늘 공부는 끝이라고 갑자기 말해 버렸다.

우리는 입을 딱 벌린 채, 황급히 문을 열고 마당으로 뛰쳐나가는 선생님의 모습을 지켜보았다. 그리고는 두 번 다시 선생님을 보지 못했다. 결국 할아버지는 선생님을 새로 고용했다. 몇 달 뒤에, 나는 아버지를 통해 우리 선생님이 혁명단원들과 관련이 있었다는 사실을 알았다. 선생님은 난징을 떠나서 북쪽에 있는 동지들과 합류했다.

그것이 우리 가족이 진짜 혁명단원을 가장 가까이에서 만난 경우였다. 하지만 우리는 평소처럼 지내려고 애를 썼다.

처음에는 하인들이 집 밖으로 나가서 음식 재료를 사오기를 꺼려했다.

평소 야채를 사오던 하녀가 울면서 말했다.

"위험할 텐데요! 정부군은 모두 도망을 가고, 아무도 누가 여길 다스리는지 모른답니다."

할머니는 하녀를 마구 야단쳤다.

"멍청한 소리 좀 작작 해. 그래도 다들 먹고는 살아야 하지 않느냐. 그러니 평소처럼 시장이 열렸는지 보고 오너라."

하녀는 마지못해 시장에 다녀오더니, 모든 게 조용하다고 알려 왔다.

"하나도 무섭지 않았어요!"

하녀는 집안의 모든 사람들이 자기를 주목하는 것에 으쓱해서 신나게 떠들었다.

어머니가 아버지에게 물었다.

"당신은 언제쯤 직장에 다시 나갈 수 있나요?"

내가 아침 식사를 끝냈을 때쯤에는, 아버지는 대개 세관에 나가 일을 하고 있었다. 하지만 지난 며칠 동안은 집에 머물면서, 큰아버지나 할아버지와 뭔가 심각하게 이야기를 나누기만 했던 것이다.

아버지가 말했다.

"약탈을 당했다는 소문은 거의 못 들었소. 내가 듣기로는, 반란군들이 새로운 정부를 세우고 법과 질서를 바로잡으려고 한다고 하오. 그런 걸 보면 저들이 순전히 도적 떼나 건달들은 아닌 모양이오. 상황이 이런 식으로 계속된다면, 나도 머잖아 회사로 돌아갈 수 있을 것 같소."

둘째언니가 물었다.

"그럼 황제와 황족들은 어떻게 되셨죠?"

아버지가 말했다.

"도읍을 버리고 도주하셨다는 소문이다. 일본으로 도피할 방법을 찾고 있다는 소문도 들었단다."

어머니가 말했다.

"반란군들 중에 누군가 새로운 왕조를 세우고 황제의 자리에 오르겠지요."

아버지가 말했다.

"반란군들 중에는 제국을 완전히 무너뜨리고 공화국을 세우고 싶어하는 자들도 있다는 이야기가 있소."

내가 물었다.

"공화국이 뭐예요?"

어머니가 나를 보고 인상을 찌푸렸다.

"어린것들이 쓸데없는 질문을 하면 못쓴다."

하지만 아버지는 미소를 지으셨다.

"아니오. 그냥 내버려두시구려. 솔직히 나도 아이린의 질문에 뭐라고 대답해야 할지 잘 모르겠구려. 내가 아는 한, 공화국이란 백성들의 뜻에 따라서 다스려지는 나라라고 하는구나."

아버지의 대답을 들어도, 나의 의문은 전혀 풀리지 않았다. 무슨 백성들의 뜻을 말하는 거지? 우리 같은 백성들? 아니면 우리 하인들 같은 백성들?

둘째언니가 중얼거렸다.

"황제가 안 계시다니 너무 이상한 것 같아요. 우리나라에는 2천 년이 넘도록 항상 황제가 계셨잖아요."

"세상은 바뀔 수 있단다."

아버지는 이렇게 말씀하시면서, 어머니의 무릎에 앉아서 옥팔찌를 가지고 놀고 있는 남동생을 힐끗 보았다.

"우리 아들은 황제가 없는 나라에서 자라게 되겠구나."

아버지는 감회 어린 목소리로 읊조리며 팔을 뻗어 남동생의 턱 밑을 간질였다.

나는 아버지 말씀이 맞기를 원했다. 세상이 변한다면, 어쩌면 여자아이들도 더이상 전족을 하지 않아도 될지 모른다. 나는 혁명이 무엇인지 몰라도, 무조건 지지하고 싶었다.

혁명에 대한 흥분 때문에, 나는 어머니가 전족에 대해 까맣게 잊어버렸다고 생각했다. 그리고 조금씩 마음을 놓기 시작했다.

하지만 숨을 돌리는 것도 잠깐이었다. 어느 날 할머니의 부름이 떨어졌다. 이번에는 나 혼자 가야 했다. 월병도, 맞이할 손님도 없었다.

할머니가 물었다.

"네가 전족을 하고 싶어하지 않는다고 하던데 그게 무슨 말이냐?"

할머니는 평소처럼 다정한 미소를 짓지 않고 나를 무섭게 노려보고 있었다. 웃을 때마다 잡히던 눈가의 주름조차 지금은 매서운 채찍 자국처럼 보였다.

내 앞에 있는 사람은 전혀 낯선 사람이었다. 내가 곤경에 처할 때마다 항상 내 편을 들어 주던 그 자애로운 할머니는 사라지고 없었다. 설사 달아나고 싶어도, 할머니 방에는 숨을 곳이 없었다. 나는 몇 번이나 마른 침을 삼켰다.

"저는 마음대로 걸어다니고 싶어요. 뒤뚱거리며 아장아장 돌아다니긴 싫어요."

할머니가 버럭 고함을 질렀다.

"네 마음대로 이건 좋고 이건 싫단 말이냐! 네가 싫든 좋든, 그건 전혀 중요하지 않다! 이 집안에서 명령을 내리는 건 네가 아니야! 감히 하찮은 어린 계집 따위가! 넌 그저 시키는 말에 따르기만 하면 된다!"

나는 지금까지 한 번도 할머니를 무서워해 본 적이 없었다. 나는 심호흡을 하고 두 눈을 깜짝거리며 곧 흘러내리려고 하는 눈물을 애써 참았다. 그리고 떨리는 입술을 깨물었다.

"아버지도 혁명이 일어나서 세상이 변하고 있다고 하셨어요."

할머니가 더욱 목청을 높였다.

"혁명이라고! 그런다고 뭐가 달라질 성싶으냐? 그래도 사람들은 여전히 짝을 짓고, 자식을 낳으며 살아가기 마련이다! 네 애비 생각에는 세상이 변하는 것 같겠지. 어쩌면 진짜 그럴지도 모른다. 아무리 그래도 남자는 남자고, 여자는 여자야. 세상에는 절대 변하지 않는 것도 있어!"

내가 고개를 들어 다시 할머니 얼굴을 바라보았을 때, 할머니의 눈길은 훨씬 부드러워져 있었다.

"아이린, 넌 벌써 네 남편이 될 한웨이 도령을 만나 보지 않았느냐?"

내가 고개를 끄덕이자, 할머니가 말을 이었다.

"너도 그 도령이 마음에 들지 않았느냐?"

나는 한웨이의 높이 치켜뜬 눈썹과 놀란 듯한 얼굴 표정을 떠올렸다. 그리고 나에게 영어를 가르쳐 주려고 애를 쓰던 진지한 모습을 기억했다.

나는 인정했다.

"그런 대로 괜찮았어요. 어쨌든 우리 사촌들보다는 훨씬 나았어요."

갑자기 할머니가 빙그레 웃으며 다시 평소와 같은 모습으로 돌아갔다.

"넌 정말 갈수록 점점 더 방자해지는구나. 리우 부인 말이, 한웨이 도령도 너를 마음에 들어한다고 하더라. 이건 나무랄 데 없는 좋은 혼처야. 리우 집안 사람이 되면, 너도 행복할 거다. 네가 원하면 언제든지 친정집에 찾아올 수도 있고 말이야. 우리 집안과 리우 집안은 몇 세대에 걸쳐 오랜 친분을 맺은 돈독한 사이다. 그래서 서로 자주 왕래하고 있지."

할머니의 얼굴이 다시 딱딱하게 굳었다.

"하지만 네가 전족을 하지 않으면, 혼례는 이루어지지 않을 게다! 리우 가문은 법도가 매우 엄하기 때문에, 천한 것들처럼 전족을 하지 않는 며느리는 절대 받아들이지 않아!"

나는 다시 따지려고 했지만, 할머니가 손을 저으며 나를 막았다.

"더이상 이러쿵저러쿵 날 괴롭히지 마라. 너에게 단단히 일렀다고 네 어미에게 말할 것이다."

그날 밤 어머니와 하녀들이 또 다시 긴 천을 가지고 왔다. 이번에는 도망칠 엄두조차 내지 못했다. 나는 얌전히 침대 위에 앉아서 그들이 내 발가락을 단단히 묶고 있는 것을 지켜보았다. 엄지발가락을 제외하고 나머지 발가락을 전부 발바닥 쪽으로 구부렸다. 몹시 불편하기는 했지만, 생각했던 것만큼 아프지는 않았다. 어쩌면 어머니 말씀이 맞는지도 모른다. 제대로 시집을 가고 싶다면, 우리 여자들은 전족을 참고 견뎌야 하는 것인지도.

하지만 발을 묶고 난 후에, 침대에서 일어나려고 하는 순간, 나는 곧 다시 마음을 바꾸었다. 꽁꽁 묶은 발로 바닥을 딛자마자, 구부러진 발가락에 칼로 찌르는 듯이 날카로운 통증이 느껴졌다. 그리고 통증은 다리를 타고 온몸을 관통했다.

보모가 말했다.

"지금 뭘 하는 거예요? 몇 주일 동안은 절대 자리에서 일어나면 안 돼요."

내가 따져 물었다.

"그게 무슨 말이야? 왜 내가 일어나면 안 되는 거야? 난

아프지도 않은데!"

어머니가 황급히 나를 달랬다.

"아이린, 물론 지금은 걷는 게 좀 아플 게다. 그러니까 아주 차츰, 차츰 발을 딛도록 해야 하는 거야. 전족한 발로 걸어다니는 법을 배우려면, 인내심을 가져야만 한다."

'전족한 발로 걸어다니는 법을 배운다' 는 말이 내 귓전을 때렸다. 나는 갑자기 이제 두 번 다시 자연스럽게 걷지 못한다는 사실을 깨달았다. 다시는 사촌들과 하인들을 피해서 달아날 수도, 깔깔거리며 마당의 문을 뛰어다닐 수도 없을 것이다. 앞으로 평생 동안 나는 절뚝거리며 다니게 될 것이다!

분노가 파도처럼 밀려왔다. 나는 발을 동여맨 천을 마구 찢기 시작했다.

보모가 달려오고, 다른 하녀 둘도 합세했다. 셋이서 나를 진정시키려고 했지만, 나는 마구 몸부림을 치며 더욱 더 큰 소리로 울부짖었다.

마침내 하녀 하나가 말했다.

"아가씨를 묶어 둬야 할 것 같아요."

어머니가 반대했다.

"하지만 언제까지나 묶어 둘 수도 없는 노릇이야."

보모가 말했다.

"우리가 감시하지 않으면, 아가씨는 끈을 풀어 버릴 겁니다. 제가 밤이고 낮이고 온종일 아가씨를 지켜봐야 할 것 같습니다."

온종일 보모의 감시를 받을 생각을 하니, 나는 완전히 미칠 것 같았다. 나는 악악 비명을 지르며 더욱더 미친 듯이 날뛰었다. 닥치는 대로 다른 사람의 손을 물어뜯었다. 그게 누구 손이든 상관하지 않았다.

굵은 남자 목소리가 들려왔다.

"도대체 무슨 일이오?"

아버지가 문가에 서 있었다. 내 침대를 빙 둘러싸고 있던 여자들은 재빨리 손을 놓고 뒤로 물러섰다 아버지는 방으로 걸어 들어와 나를 내려다보았다. 그리고 어머니를 향해 몸을 돌렸다. 두 사람은 오래, 오랫동안 서로를 노려보고 서 있었다.

마침내 아버지가 침묵을 깼다.

"아이린이 원하지 않으면, 전족을 할 필요가 없소!"

어머니가 말했다.

"아이린은 아직 어려서 그게 어떤 결과를 가져올지 모르고 있어요."

아버지가 대답했다.

"하지만 난 알고 있소. 아이린이 마음껏 뛰어다니고 싶어한다면, 그렇게 하도록 내버려둡시다."

나는 아버지와 어머니가 나누는 말을 이해할 수 없었다. 결과라니, 그게 무슨 말일까?

그 뒤로 몇 달 동안, 나에게는 아무 일도 일어나지 않는 것 같았다. 심지어 할머니도 나를 야단치려고 하지 않았다. 물론 나를 보실 때마다 고개를 절레절레 흔들며 땅이 꺼져라 한숨을 쉬기는 했지만, 나는 전혀 개의치 않았다. 내 인생은 이전처럼 평온하게 흘러갈 거라고 굳게 믿었던 것이다.

하지만 내 생각은 잘못된 것이었다. 내 발을 묶지 않겠다는 확실한 결정이 내려진 지 넉 달 뒤에, 그 소식이 날아왔다. 온 가족이 둘러앉아 저녁 식사를 하고 있을 때, 어머니가 나를 날카롭게 노려보며 말했다.

"리우 부인이 오늘 중매쟁이를 보내 정혼을 깨고 싶다는 말씀을 전하셨다. 내가 뭐랬니? 이런 일이 있을 거라고 했지!"

둘째언니가 안심하라는 듯이 내 손을 꼭 잡아 주었다. 하지만 언니의 눈에는 근심이 가득했다. 아버지는 아무 말도 하지 않았지만, 내 장래를 걱정하고 있다는 것을 알 수 있었다.

오직 어머니만 틈만 나면 큰 소리로 한탄했다.

"아이고, 우리 아이린은 비구니나 되어야겠구나. 세상에 결혼 안 한 여자가 할 수 있는 일이라곤 그것뿐이니. 뭐, 몸이 날쌔니까 곡예사나 떠돌이 풍각쟁이가 될 수도 있겠지!"

아버지가 소리쳤다.

"그만 하시오!"

아버지는 누구에게든 언성을 높이는 법이 거의 없었다. 그러므로 어머니에게 이런 말투로, 그것도 자식들이 보는 앞에서 말씀하시다는 것은, 굉장히 화가 났다는 뜻이었다.

나는 어머니의 푸념에 아버지가 왜 그렇게 성을 내는지 이유를 알지 못했다. 나는 그저 거리를 마음대로 돌아다니고, 사람들을 즐겁게 해 준다면 참 재미있을 것이라고 생각했다. 슬그머니 어머니를 쳐다보니, 어머니는 입술을 깨물며 울음을 참고 계셨다.

아버지는 크게 숨을 들이켜더니, 좀더 부드러운 목소리로 말했다.

"우리의 오래된 풍습이 언제까지나 그대로 남아 있지는

않을 거요. 천 년 동안 지켜 온 풍습이라고 하더라도 말이
오. 나에게도 다 생각이 있소. 전족을 하지 않은 여자아이
도 할 수 있는 일이 틀림없이 있을 거요."

공립학교

4년이 흐른 뒤에도 내 장래에 대해서는 전혀 결정된 것이 없었다. 한웨이와 내가 파혼을 하기는 했지만, 리우 집안 사람들을 전혀 만나지 않고 지낼 수는 없었다. 한동네에서 알고 지내는 사람들이라고 해 봐야 뻔했던 것이다.

도시는 평온을 되찾았고, 다시 집안끼리 들놀이를 갈 수 있을 만큼 안전해졌다. 우리 식구가 가장 좋아하는 놀이는 난징 외곽에 있는 쉬앤우 호수에서 뱃놀이를 하는 것이었다. 호수에는 아름다운 섬 대여섯 개가 있었는데, 섬들 사이로 둥근 돌다리가 놓여 있었다. 우리는 배를 한 척 빌렸고, 우리 집 요리사는 맛있는 도시락을 준비했다. 그리고 온 가족이 호수에서 즐거운 오후를 보냈다.

한 섬 근처에서 우리는 다른 배 한 척을 만났다. 그 배에 드리워진 천막 사이로 낯익은 얼굴이 밖을 내다보고 있었다. 나는 한웨이의 높이 치켜뜬 눈썹을 알아보았다. 한웨이도 나를 보자 씩 웃으며 머리를 쏙 집어넣었다. 잠시 후에 리우 부인이 몸을 내밀더니 우리에게 인사했다.

이제는 나도 이게 무척 당황스러운 상황이라는 것을 알 만한 나이였다. 어머니와 리우 부인은 곧 있을 둘째언니의 혼사에 대한 이야기만 몇 마디 주고받더니, 공손하게 인사를 나누고 헤어졌다. 한웨이는 멀어져 가는 배에서 손을 흔들었다.

나는 어머니가 또다시 내 파혼에 대해서 잔소리를 시작하겠구나 각오하고 있었다. 하지만 어머니는 그 일을 완전히 끝난 것으로 단념한 모양이었다. 사실 요즘에는 그 외에도 어른들이 고민해야 할 일들이 너무 많았다.

세상이 어찌나 많이 바뀌었는지, 높은 담으로 둘러싸인 집안에 있는 우리들도 그 소문을 듣지 않을 수 없었다. 나는 양쯔강을 따라 여기 난징을 지나 더 멀리까지 가는 증기선에 대한 이야기를 듣고, 가슴이 뛰었다. 또한 '철도'라는 것에 대한 이야기도 들었는데, 쇠로 된 두 개의 길을 따라서, 석탄이나 혹은 장작을 때는 '증기 기관차'가 바퀴가 달린 커다란 상자를 끌고 아주 먼 길을 달려간다는 것이었다.

아버지와 큰아버지는 공화정과 새로운 정부에 대해서 많은 이야기를 나누었다. 그리고 이 정부가 얼마나 계속될지 걱정했다.

아버지가 말했다.

"위안스카이*가 황제의 자리에 올라서 새로운 왕조를 시작할 거라는 소문이 자자합니다."

큰아버지는 새 왕조를 세우는 것에 찬성이었다.

"그럼 이 물러터진 공화 정부도 달라지겠지. 황제가 있으면, 우리도 마침내 안정을 되찾을 거야. 우리나라에는 강력한 힘을 지닌 지도자가 필요하다고."

나는 큰 소리로 호령하는, 강력한 힘을 지닌 지도자를 상상해 보았다. 자연스럽게 큰아버지랑 똑같이 생기고 똑같이 말하는 사람의 모습이 떠올랐다.

아버지와 큰아버지는 자꾸만 외세에 침략당하는 나라의 앞날을 수없이 걱정했다.

---

* 袁世凱(1859~1916.6.6). 중국의 군인이자 정치가.

큰아버지가 역정을 냈다.

"일본과 독일, 러시아 놈들은 이미 북쪽에 자기들의 통치 구역을 세웠어."

외국인들 이야기만 나오면 늘 그렇듯이, 큰아버지의 얼굴은 자줏빛이 되었다.

아버지도 외국인들이 점점 더 많이 몰려오고 있다는 사실을 인정했다.

"하지만 외국인들 덕분에 우리나라가 얻는 것도 있다고 생각합니다. 그들에게 배워야 할 것이 많습니다."

내가 아홉 살이 되었을 때, 어느 날 저녁 아버지는 선언했다.

"아이린을 공립학교에 보내기로 했다."

4년 전 같으면, 나는 신이 나서 펄쩍펄쩍 뛰었겠지만 이제는 더 나이를 먹어서 가만히 의자에 앉아 있을 수 있었다. 하지만 웃음이 터져 나오는 것까지 참을 수는 없었다. 한웨이가 공립학교에 대해서 말해 주었던 일들이 한꺼번에 떠올랐다. 무슨 공부를 한다고 했더라? 일식과 물이 녹는 것, 그리고 코쟁이들이 쓰는 이상한 말인 영어.

부모님과 둘째언니, 그리고 나는 할머니와 함께 저녁을

먹는 중이었다. 할아버지는 병환중이셔서 대개는 침상에서 죽을 드셨다. 하지만 할머니는 다 함께 식탁에 둘러앉은 자식들의 얼굴을 보는 걸 즐거워하셨다. 게다가 요리사에게 별식을 만들어 보라고 시킬 수 있는 좋은 핑곗거리가 되기도 했다.

아버지의 말을 듣자, 할머니는 얼굴을 찌푸렸다.

"신중하게 생각해야 한다! 아이린은 집에 모신 선생님 밑에서 몇 년을 더 공부하면 된다. 그 정도면 필요한 공부는 다 하는 셈이야. 계집애가 공부를 너무 많이 해도 몸에 해로워!"

침묵이 흘렀다. 둘째언니와 나는 서로 눈길을 주고받았다. 우리 모두 똑같은 생각을 하고 있었다. 둘째언니가, 아버지에게 누님이 한 분 있었다는 말을 해 준 적이 있었다. 아버지와 큰아버지 사이에 태어난 고모였는데, 비상하게 똑똑했고 뛰어난 시인이었다고 했다. 평생 공부밖에 모르는 학자였던 할아버지는 개인적으로 고모에게 서예를 가르쳤다. 일찍부터 그 방면에 재능을 보였기 때문이었다. 하지만 겨우 열네 살 나이에 끔찍한 폐병으로 목숨을 잃었다. 아직 혼처도 정하기 전이었다. 할머니는 고모가 너무 공부를 많이 해서 일찍 죽었다고 굳게 믿고 있었다.

할머니의 말씀에 따르면, 한 번도 보지 못한 이 고모를 내가 가장 많이 닮았다고 했다. 둘째언니는 아버지가 이 돌아가신 고모를 무척 좋아하셨다고 말했다. 어쩌면 고모가 하지 못한 공부를 나에게 시키고 싶으신 것인지도 몰랐다. 아버지는 공부가 몸에 해롭다는 말 따위는 귀담아듣지도 않았다.

할머니는 여전히 의심스러워했다.

"도대체 어떤 학교가 여자애들을 받아 준다더냐?"

아버지가 설명했다.

"매킨토시 학교라고 하는데, 선교사들이 운영하는 여학교입니다. 우리 회사 사람이 자기 딸도 거기 보낼 거라더군요."

"선교사들이 운영하는 학교라고? 선교사가 뭐 하는 것들이냐?"

"다른 나라 사람들에게 자기들이 믿는 종교를 전하는 사람들입니다. 그 학교를 운영하는 사람들은 미국인 신교도들입니다. 기독교 종파 중 하나이지요."

할머니가 버럭 소리를 질렀다.

"아이린을 예수쟁이들이 종교를 가르치는 학교에 보낼 생각이란 말이냐? 왜 그런 일에 쓸데없이 돈을 쓰느냐?"

"아이들에게 종교만 가르치는 학교는 아닙니다. 세계 역사와 지리, 수학, 영어, 그 밖에 다른 유용한 것들을 배우게 됩니다."

할머니의 눈이 휘둥그레졌다.

"유용한 것들이라고? 아이린처럼 잘 자란 처녀가 세계 역사 같은 걸 배워서 뭐에 써먹을 수 있을지 난 도통 모르겠다!"

"우리나라는 너무 오랫동안 고립되어 왔습니다. 저 비참한 의화단 사건* 때에 우리가 외국 군대에 굴욕을 당했던 것도, 우리가 무지했기 때문입니다."

나는 아버지와 큰아버지가 의화단 사건에 대해서 이야기하는 것을 들은 기억이 있었다. 벌써 15년 전에 벌어진 일이었다. 자신들을 의화단이라고 부르는 무리들이 수도인 베이징에 있는 외국인들을 공격했던 것이다. 많은 외국인들이 희생된 후에야 의화단 무리들이 진압되었다.

할머니가 쏘아붙였다.

"의화단 놈들은 그저 얼빠진 미친 놈들이야! 그런 놈들

---

* 1900년 중국 화베이 일대에서 외세에 반대하여 일어난 농민투쟁 운동.

은 싹 쓸어버려야 해!"

아버지는 말했다.

"하지만 그 일에 대한 보상으로 우리 정부는 엄청난 돈을 외국에 지불해야만 했습니다. 그뿐만 아니라, 외국인들에게 영토까지 내주어야 했습니다. 지금 우리나라 일부는 외국 군대가 지배하고 있단 말입니다. 상하이에서는 외국 경찰이 우리나라 백성들에게 자기들의 법을 강요하고 있는 실정입니다!"

할머니가 한탄했다.

"서양 귀신들은 요술을 써서 우리를 이겼어. 아무리 용감한 우리 군대도 저들의 커다란 총 앞에서는 맥을 못 추지 않느냐."

"맞습니다. 다른 것도 많지만, 무엇보다도 저들이 어떻게 대포를 개발했는지 알아내야만 합니다. 의화단들이 베이징에서 외국 공사관을 포위했을 때, 단순히 수적인 위세만으로 외국인들을 압도할 수 있을 거라고 생각했죠. 하지만 총 앞에서는 바람에 날리는 풀처럼 힘없이 스러져 버렸습니다."

할머니는 껄껄 웃었다.

"그래서 너는 아이린과 같은 계집애들이 공립학교에 가

서 총 만드는 법을 배워야 한다고 생각하는 거냐? 외국 군대와 싸우려고?"

나는 킬킬거렸다. 아버지도 미소를 참지 못했다.

"물론 그건 아닙니다. 하지만 우리나라가 언제까지나 세계의 중심이라는 생각은 이제 버려야 한다는 것입니다. 아이린과 젊은이들은 다른 세상을 배워야만 합니다."

할머니가 한숨을 쉬며 말했다.

"너랑 세상 돌아가는 일에 대해 입씨름을 벌이고 싶진 않다. 하지만 당장 닥칠 어려움을 생각해 보자꾸나. 가령 아이린이 학교까지 어떻게 가겠느냐? 물론 전족을 하지 않았으니, 그냥 걸어다녀도 되겠지. 하지만 그렇게 하면, 그날로 저 아이의 평판이 나빠질 게다."

어머니가 한마디 나섰다.

"저 아이의 평판은 더이상 나빠질 것도 없어요. 전족도 안 했으니 그걸로 끝이죠."

할머니가 노려보자 어머니는 금방 입을 다물었다.

아버지가 나섰다.

"가마꾼을 고용해서 인력거에 태워 보내면 됩니다."

나는 너무나 기뻤다. 어머니와 함께 인력거를 타는 일은 항상 즐거웠다. 빠르게 달리는 것도 신이 났고, 커다란 바퀴 두 개가 부드럽게 굴러가는 느낌도 최고였다. 하지만 내가 인력거를 탈 수 있는 기회는 흔치 않았다. 인력거는 할아버지와 아버지, 큰아버지 같은 집안의 남자 어른들이 볼일을 보기 위해 주로 이용했기 때문이었다.

할머니는 계속해서 불만을 늘어놓았다.

"나는 인력거란 게 통 마음에 들지 않는다. 망할 일본 놈들이 만들어 낸 거야! 차라리 옛날 가마가 훨씬 더 좋아. 그걸 타면 적당한 속도로 위엄 있게 다닐 수가 있지."

하지만 나는 가마가 싫었다. 위아래로 몹시 흔들렸기 때문이었다. 특히 가마꾼이 나를 애먹이려고 마음을 먹었을 때에는 더욱 그러했다.

할머니가 따져 물었다.

"식사는 어떻게 하느냐? 아이린을 낯선 사람들과 함께 밥을 먹도록 내버려둔단 말이냐? 순무도 제대로 소화 못 시키는 어린것을? 그러다가 학교 요리사가 커다란 순무 덩어리라도 내오면 어떻게 하려고 그러느냐? 저 서양것들이 뭘 먹는지 너도 전혀 모르지 않느냐?"

나는 재빨리 말했다.

"점심을 싸 가지고 다니면 돼요. 하인이 따뜻한 밥과 반찬을 싸서 가져오면 되지요. 학생들은 다들 점심을 싸 가지고 다녀요."

어른들이 일제히 고개를 돌려서 나를 보았다.

어머니가 물었다.

"도대체 네가 그런 걸 어떻게 아느냐?"

"한웨이 도령이 말해 주었어요. 도령도 공립학교에 다닌다고 했어요. 그리고 자기가 먹고 싶은 걸로 점심을 싸 가지고 다닌다고요."

또다시 긴 침묵이 흘렀다. 한웨이의 이름이 나올 때마다, 아버지의 얼굴은 어두워지고 어머니는 슬픈 표정을 지었다. 그리고 할머니는 노여움을 감추지 못했다.

마침내 할머니가 젓가락을 탁 내려놓았다.

"아이린을 학교에 보내는 거 시집을 가는 데 아무런 도움도 안 된다. 여자가 전족을 안 한 것만으로도 크나큰 흠이거늘, 공부까지 한 여자라면 시집가기는 다 틀린 게야!"

매킨토시 학교에 들어가기 위해서, 나는 먼저 입학시험에 합격해야만 했다. 시험에 대비해서, 나는 집안에 모신 선생님 밑에서 배운 것을 정리해 보았다. 나는 다섯 살 때 삼자경을 배웠고, 그 뒤에는 공자와 맹자 같은 성인들의 가르침을 정리한 다른 책들을 배웠다. 그 책들은 모두 외위야만 했다. 사실 내가 집에서 배운 것이라고는 옛날 중국어로 씌어진 경전을 외우는 것이 전부였다.

시험 날 우리는 학교에 도착했다. 학교 건물은 우리 가족이 살고 있는 집과는 아주 달랐다. 우리 집은 작은 방 한두 개가 딸린 건물들이 마당을 중심으로 빙 둘러서 있는데 반해서, 학교는 방이 수십 개 있는 커다란 건물 한 채만 우뚝 서 있었다. 도대체 사람들이 어떻게 이런 건물 안에서 길을 잃지 않고 돌아다닐 수 있는지 상상조차 되지 않았다.

하지만 아버지는 이렇게 커다란 건물을 보고도 놀라는 것 같지 않았다. 그리고 내가 시험을 쳐야 할 교실을 찾는데도 전혀 주저함이 없었다. 한 젊은 여자가 우리를 책상 앞에 앉히고 차를 가져다 주었다.

순하게 생긴 한 남자가 들어오더니, 자기가 교감이라고 소개했다. 그 모습이 아버지와 비슷해 보였기 때문에, 나는 다소 마음이 놓였다.

시험관인 리 선생님은 지금까지 내가 집에서 배운 것에 대해서 물어보기 시작했다. 다행히 배운 것을 한 번 복습해 놓았기 때문에, 나는 기억하고 있는 문장을 거침없이 술술 암송했다.

우리는 다음 시험으로 넘어갔다. 글씨를 써 보는 것이었다. 벼루와 묵이 놓여졌다. 나는 벼루에 물을 떨어뜨린 다음, 짙은 먹물이 만들어질 때까지 성심껏 먹을 갈았다. 그런 다음 조심스럽게 먹을 적셔서 '가족(家族)', '국가(國家)' 그리고 '책(冊)'이라고 썼다. 시험관이 빙그레 미소를 짓는 것을 보니, 내 실력이 마음에 든 모양이었다. 그래서 나는 내가 아는 가장 어려운 글자를 써보았다. 그것은 '덕(德)'이라는 글씨로 15획이나 되었다.

리 선생님은 고개를 끄덕였다. 처음으로 나는 우리를 혹독하게 가르친 가정교사에게 고마운 마음이 들었다. 리 선생님은 나와 몇 마디 말을 나누고, 무엇을 배우고 싶으냐고 물었다. 지금까지 나에게 이런 걸 묻는 어른은 한 명도 없었다.

나는 똑똑히 말했다.

"저는 중국만이 아닌 다른 세상에 대해서 배우고 싶습니다."

그것은 아버지가 전에 하신 말씀을 그대로 되풀이한 것에 지나지 않지만, 순간 내가 정말로 다른 나라에 대해서 호기심을 가지고 있다는 것을 깨달았다.

문득 나는 리 선생님이 내 등 뒤를 바라보고 있다는 것을 알아차렸다. 한 여자가 인기척도 없이 방에 들어와 있었던 것이다. 그 여자를 보자, 나는 순간 숨이 멎을 것 같았다. 생전 처음, 외국인을 가까이에서 보았던 것이다.

언젠가 거리에서 인력거를 타고 지나가는 외국인을 힐끗 본 적은 있었다. 그때 보모가 내 귀에 대고 이렇게 속삭였다.

"저기 코쟁이들이 가네요!"

그 말을 듣고 나는 좀더 자세히 보려고 얼른 고개를 돌렸지만, 이미 인력거는 사라지고 없었다.

나는 이 외국인 여자를 멍하니 바라보았다. 정말 여자의 코가 보통 사람들보다 훨씬 더 높기는 했지만, 그렇다고 괴물처럼 큰 것은 아니었다. 게다가 여자의 팔이 온통 털투성이인지는 알 수 없었다. 긴소매 옷을 입고 있었기 때문이었다. 내가 볼 수 있었던 것은 머리털뿐이었는데, 마치 마른 소나무 잎처럼 밝은 갈색이었다. 눈은 회색이었는데, 약간 앞으로 튀어나와서 마치 맑은 웅덩이 속에 잠긴 둥근 조약돌 같았다.

나는 재빨리 서양 여자의 발을 살펴보았다. 전족을 하지 않은 발이었다. 외국 여자들은 발을 묶지 않는다는 사실을 나중에 알았다. 이 넓고 넓은 세상에서 오직 중국 여자들만 전족을 하는 것이다.

리 선생님은 새로 나타난 사람에게 내가 알아들을 수 없는 말로 인사를 했다. 그러자 서양 여자는 대답을 했다. 두 사람은 영어로 이야기를 하고 있음에 틀림없었다. 여자가 우리 부모님을 향해 고개를 돌리더니, 활짝 미소를 지었다. 시원하고 환하고 다정한 미소였다.

여자는 중국어로 말했다.

"안녕하십니까? 저는 길버슨이라고 합니다. 따님의 영어 선생님입니다."

부모님이 선생님에게 답례 인사를 하는 것을 들으며, 나는 입학이 허가되었다는 것을 깨달았다.

매킨토시 학교에 들어감으로써, 나는 내 인생에서 가장 행복한 시절을 맞게 되었다. 내가 배우는 과목 중에는 중국어와 고전 읽기가 포함되어 있기는 했지만, 단순히 외우기만 하는 것이 아니라 내용을 토론하는 데 더 중점을 두었다. 우리는 또한 할머니가 "쓸데없는 것"이라고 했던 과목들도 배웠다. 지리라는 수업 시간에는, 아버지가 원하던 대로 다른 나라와 다른 나라 사람들에 대해서 배웠다. 나는 석탄처럼 피부가 검은 사람들과, 얼음으로 만든 집에서 사는 사람들이 있다는 말을 듣고 넋을 잃었다.

학교는 미국인 선교사들이 운영했지만, 선생님들은 대부분 중국인들이었다. 그리고 하루에 딱 한 시간만 종교를 가르쳤다. 사실 나는 종교 수업 시간이 즐거웠다. 그 시간에는 선생님이 '성경'이라는 책 이야기를 들려주었기 때문이었다. 그 책에는 옛날 사람들에 대한 온갖 멋진 이야기가 가득했는데, 내가 가장 좋아하는 것은 어린 소년이 물맷돌로 사나운 거인을 죽이는 이야기였다. 나는 약한 사람이 덩치 큰 악당을 물리치는 이야기에 항상 열광했다.

종교 수업이 끝나고 나올 때, 우리 반 친구 한 명이 말했다.

"물맷돌을 만들어서 나도 한번 쏴 봤으면 좋겠다."

내 생각도 똑같았다. 나는 고개를 돌려서 그 말을 한 친구를 보았다. 나보다 키가 좀 작은 통통한 여학생이었다.

그 애가 자기를 소개했다.

"나는 장 쉬에옌이야. 네가 올해 새로 들어온 애구나."

"그래. 내 이름은 타오 아이린이고 아홉 살이야."

쉬에옌이 말했다.

"어머, 너랑 나랑 나이가 똑같다!"

쉬에옌의 목소리는 활기가 넘쳤고, 눈빛은 생기발랄했

다. 나는 단박에 쉬에옌이 마음에 들었다. 그렇게 해서 장
쉬에옌은 나와 가장 가까운 학교 친구가 되었다.

매킨토시 학교의 학비는 무척 비싸기 때문에, 우리 반
친구들은 모두 부잣집 딸들이었다. 그러므로 딱 세 아이만
빼놓고 모두 전족을 했다. 그 세 아이의 집안은 우리 아버
지처럼, 중국이 변하고 있으며 전족은 너무 잔인하고 없어
져야 할 풍습이라고 생각하고 있었다. 쉬에옌은 전족을 하
지 않은 세 아이 중 하나였고, 내가 가장 좋아했던 점도 쉬
에옌이 커다란 제 발을 조금도 부끄러워하지 않는다는 사
실이었다. 오히려 자랑스러워했다.

나는 쉬에옌에게 고백했다.

"나와 정혼을 했던 집안에서는 내 발 때문에 약혼을 깼
어. 우리 어머니는 이제 내가 아무에게도 시집을 가지 못
할까 봐 두려워하셔."

쉬에옌이 깔깔거리며 웃었다. 웃음소리가 어찌나 컸던
지, 앞서 복도를 걸어가던 여학생 몇 명이 우리를 돌아보
았다.

쉬에옌이 반문했다.

"그게 뭐 어때서? 난 절대로 시집은 안 갈 거야. 이 학
교를 졸업한 다음에는 의학을 공부해서 의사가 될 생각이

야. 그러니까 날 먹여 살릴 남편 같은 건 필요 없어."

나는 쉬에옌이 존경스러웠다. 나는 커다란 발로 당당하게 걷는 쉬에옌의 걸음걸이를 흉내내었고, 심지어 말투까지 닮으려고 했다.

하지만 영어 수업 시간에는 단연 내가 일등이었다. 나는 길버슨 선생님의 억양을 거의 완벽하게 따라 할 수 있었다. 지난 몇 년 동안 주위 사람들의 말투를 똑같이 흉내 내어 약을 올리곤 했던 몸이었다. 이제 흉내내기 대장이었던 내 장난기는 천부적인 재능으로 여겨졌다.

길버슨 선생님은 내가 암송할 차례가 되면, 감탄을 금치 못했다.

"훌륭해요! 아주 뛰어난 귀를 가졌어요. 대학에 가서 영어 선생님이 될 수도 있겠어요!"

그 생각을 하자, 나는 온몸에 전율이 흘렀다. 마침내 나에게도 희망이 생겼다는 것을 느끼기 시작했다. 이제 비구니가 되지 않아도 된다. 상급학교에 진학해서 선생님이 되는 공부를 할 수 있게 된 것이다.

"여자들도 선생님이 될 수 있을까요?"

내 질문을 듣고 길버슨 선생님이 큰 소리로 웃는 바람에 나는 얼굴이 빨개졌다. 길버슨 선생님도 여자였다. 하지만 선생님은 외국인이었고, 우리와는 달랐다.

나는 다시 물었다.

"그러니까 제 말은, 중국 여자도 선생님이 될 수 있느냐는 거예요."

길버슨 선생님의 표정이 진지해졌다.

"중국인 여자 선생님을 직접 만난 적은 없지만, 상하이에 있는 한 학교에 여선생님이 몇 분 있다고 들었어요. 중국도 달라지고 있어요. 그러니 누가 알겠어요? 아이린이 크면 중국인 여자 선생님이 많을 수도 있지요."

길버슨 선생님의 대답은 나에게 대단히 중요했다. 나는 선생님이 얼마나 자기 일을 사랑하는지 알 수 있었다. 그리고 학생들이 공부를 잘하는 것이 선생님에게는 무엇보다도 가장 큰 기쁨인 것 같았다. 길버슨 선생님 같은 선생님이 될 수 있다면, 정말 멋질 것이다.

3년 동안은 학교 생활이 내 전부였다. 하지만 집에서도 몇 가지 변화가 있었다. 아버지는 점점 더 우리와 함께 하는 시간이 적어졌다. 일이 너무 힘들었기 때문이다. 아버지는 점점 몸이 말랐고 굉장히 지친 것 같았다. 할머니는 걱정스럽게 아버지를 바라보다가, 좀더 먹으라고 연신 음식을 권했다. 종종 아버지는 너무 피곤해서 우리가 할머니와 함께 저녁을 먹는 자리에 함께 참석하지 못할 때도 있었다. 그러면 할머니는 모두 자기를 홀대한다면서 서러워했다.

요즘 들어 할머니의 식탁에 둘러앉는 사람들이 확연히 줄어든 것은 사실이었다. 큰언니와 둘째언니 모두 결혼을 해서 집을 떠났기 때문이었다.

둘째언니가 떠나기 전에 우리는 오랜 시간 동안 서로의 속내를 주고받았다. 둘째언니는 누에 치는 일부터 시작해서 모든 이야기를 다 했다.

언니가 물었다.

"내가 연한 초록색이 감도는 누에고치를 보여주었던 것을 기억하니?"

당연히 그 일을 생생하게 기억하고 있었다. 왜냐하면 둘째언니가 발 씻는 광경을 본 바로 그날이었기 때문이다.

"그럼. 언니는 그 색깔 있는 누에를 보고 좋아하면서 더 많이 생겼으면 좋겠다고 했지."

둘째언니가 말했다.

"나는 색깔이 있는 누에고치가 좋아. 하지만 비단실 잣는 사람은 그런 누에고치를 싫어해. 전체적인 하얀 색을 망쳐 놓는다고 말이야. 그래서 색깔 있는 누에를 골라서 불태워 버린단다. 그걸 명심하렴."

나는 둘째언니가 왜 누에고치 이야기를 하는지 그 뜻을 알지 못했다. 혼례 날을 앞두고 왜 점점 더 우울한 표정을 짓는지도 이해하지 못했다.

나는 할머니에게 왜 둘째언니가 시집가는 것을 슬퍼하느냐고 물었다. 처음에 할머니는 말해 주기 싫어했지만, 결국 둘째언니의 시어머니 되실 분인 첸 부인이 아주 차갑고 사나운 성품인 것 같다고 털어놓았다.

둘째언니가 시집으로 떠난 후에야, 나는 언니가 누에고치를 두고 했던 말의 뜻을 이해했다. 둘째언니는 다른 사람들과 다르게 사는 것의 위험성을 경고했던 것이다. 언니가 나를 두고 한 말인지, 아니면 첸 집안에서 살아야 하는 자신의 운명을 두고 한 말인지는 잘 모르겠다. 조금이라도 기가 살아 있는 듯이 보이는 사람은 누구든지 깔아뭉개야 직성이 풀리는 시어머니와 함께 살아갈 운명 말이다.

나는 둘째언니와 무척 친했기 때문에 언니가 몹시 그리웠다. 하지만 남동생이 점점 자라면서 동생과 함께 어울려 노는 것도 좋았다. 내가 마당에서 동생의 뒤를 쫓아다니면 동생은 숨이 넘어갈 듯이 자지러지게 웃었다. 우리 두 사람은 동생의 보모가 와서 못 하게 할 때까지, 중국어와 영어를 뒤섞어 가며 이야기를 했다.

내 동생에게는 새로운 보모가 딸렸다. 옛날 내 보모는 내가 학교에 들어가자 내쫓겼다. 아마 극성스러운 남자아이를 돌보기에는 너무 얌전하고 연약했기 때문이었을 것이다. 지금쯤 좋은 자리를 잡아서 전족을 한, 착하고 조용한 여자아이를 돌보고 있을지도 모른다.

집안의 가장 큰 걱정거리는 점점 쇠약해지는 할머니의 건강이었다. 할아버지는 내가 2학년 때 돌아가셨다. 하지만 이미 오랫동안 병환을 앓고 계셨고, 건강하셨을 때에도 주로 외떨어진 서재에서만 혼자 지내셨기 때문에 할아버지가 돌아가신 후에도 우리 가족의 생활은 별로 달라지는 것이 없었다.

하지만 할머니가 아픈 것은 다른 문제였다. 나는 여전히 틈날 때마다 할머니께 문안을 드렸다. 하지만 풍을 맞아서 몸 한쪽을 못 쓰게 된 뒤로는, 더이상 옛날 같은 정정한 모습을 보이지 못했다. 점점 기력을 잃고 쇠약해지는 할머니의 모습을 뵐 때마다, 나는 가슴이 저렸다.

할머니의 죽음

매킨토시 학교 2학년 때, 어느 날 교무실에서 나를 부르더니 당장 집에 가 보라고 했다. 할머니께서 또다시 쓰러지셔서 위독한 상태에 빠진 것이다.

내가 할머니 방에 도착했을 때, 할머니는 이미 의식이 없었다. 헐떡거리는 할머니의 숨소리를 들으며, 나는 할머니의 쉰 듯한 웃음소리와 내가 장난을 쳤다는 말을 들으실 때마다 짐짓 화난 척하시던 모습을 떠올렸다.

둘째언니의 다정한 목소리가 들렸다.

"우린 그만 일어서자. 다른 손님들이 밖에서 기다리고 있어."

둘째언니가 시집을 간 뒤로 언니를 만난 적이 거의 없었기 때문에, 나는 내 어깨를 감싸는 언니의 손길이 얼마나 다정했는지를 까맣게 잊고 있었다. 학교 선생님들은 내가 뭔가를 잘할 때만 나를 칭찬해 주셨지만, 할머니와 둘째언니는 내가 무슨 짓을 하든 나를 사랑해 준 사람들이었다.

다음 날 아침, 동이 트기 직전에 나는 요란한 곡소리에 잠에서 깨어났다. 언니들과 나는 황급히 미리 준비해 놓았던 거친 흰 삼베옷으로 갈아입었다. 우리는 대충 아침을 먹고 다른 문상객들과 함께 장례식을 치렀다.

나는 다른 타오 집안 사람들과 함께 서서 곡을 했다. 할머니를 찾아오는 문상객이 너무 많았기 때문에 따로 곡을 할 사람을 고용할 필요가 없었다. 타오 집안 사람들뿐만 아니라, 할머니 쪽 집안 사람들도 많이 왔다. 할아버지 장례식 때보다도 훨씬 더 성대했다. 친척들과 친구들과 하인들 모두 진정으로 할머니를 사랑했던 것이다.

장례식 날은 너무나 바빠서 제대로 슬퍼할 겨를도 없었다. 손님들에게 음식을 대접해야 했고, 나는 계속 음식 나르는 것을 도와야 했다. 어린 남동생까지도 다과 접시를 돌렸다. 그때 문득 나는 내가 리우 부인에게 찻잔을 건네고 있음을 깨달았다. 리우 부인은 더이상 내 장래 시어머니가 아니었다.

리우 부인은 고개를 숙이며 눈물을 닦더니 울먹이는 목소리로 말했다.

"네가 무척 슬프겠구나. 네가 얼마나 할머니를 사랑했는데."

나는 품위를 잃지 않고 고개를 꼿꼿이 들고 있으려고 최선을 다했다. 불과 몇 시간 동안 부모님과 언니들의 태도를 보면서, 품위를 지키는 것이 어떤 것인지 많이 배웠던 것이다.

"네. 부인께서도 우리 할머니를 무척 좋아하셨죠."

리우 부인이 중얼거렸다.

"맞다, 우리 두 집안은 아주 가까웠지."

리우 부인은 나를 가만히 올려다보더니, 잠시 후에 한숨을 쉬었다.

"정혼을 깨겠다고 결정하기까지 우리도 무척 힘들었다는 걸 알아 다오. 우리도 몇 달 동안 그 문제로 고민을 했단다. 미안하구나, 아이린."

상이 끝나고 다시 학교로 돌아갈 수 있게 되자, 나는 무척 기뻤다. 할아버지가 돌아가신 뒤로 공식적으로는 큰아버지가 집안의 어른이 되었지만, 실질적으로 집안 대소사를 결정한 사람은 할머니였다. 그런데 이제 아무도 집안을 이끌어 갈 사람이 없게 되었다. 큰아버지의 첫째 부인이 마땅히 살림을 맡아야 했지만, 연약하고 겁이 많아서 자기 아들들조차 야단치지 못하는 여자였다. 아버지와는 달리, 큰아버지는 둘째부인을 얻었는데 둘째부인이 더 드세 보이기는 했다. 하지만 둘째부인 역시 할머니의 지시에 따르기만 해 버릇해서, 이제 어찌할 바를 모르는 것 같았다. 그렇다고 큰아버지가 직접 집안 살림을 간섭할 수는 없었다. 그것은 여자들의 일이었다. 그 결과 모든 것이 엉망진창이 되었고, 큰아버지는 누구한테든 화를 내었다.

큰아버지는 거의 매일 우리와 함께 저녁을 드시러 오셨다. 부인들에 대한 불평과 더불어 바깥세상에 대한 불만을 토로하기 위해서였다. 혁명이 일어나고 만주 왕조가 무너진 이후로 누가 이 나라를 다스릴지 의견이 분분했다.

큰아버지가 말했다.

"후난과 후베이에서 벌어지고 있는 싸움이 우리 지역까지 번지지는 않을 것 같다. 하지만 저 북쪽에서는 몇몇 군벌들이 나라를 나눠 차지할 준비를 하고 있어."

아버지는 별로 걱정하지 않는 표정이었다.

"여기 난징에서는 쑨원*이 세운 지방 정부가 충분히 안정을 찾고 있는 것 같습니다. 게다가 그 사람은 자신이 황제가 되려는 야욕을 보이지도 않고요."

큰아버지가 투덜거렸다.

"그 자가 황제가 된다면 우리나라가 더 강해질 텐데. 게다가 서양것들은 우리 약점을 이용해서 할 수 있는 건 뭐든지 손에 넣으려고 하고 있으니."

큰아버지는 한동안 나를 노려보다가 아버지에게로 시선을 돌렸다.

"도대체 계집애를 서양 학교에 보내다니 무슨 생각을 하고 있는 게냐? 이 아이의 머릿속에 엉뚱한 생각만 잔뜩 집어넣어 줄 게다. 이미 그런 생각으로 꽉 차 있는 애를 만이다!"

어머니가 얼른 나섰다.

"아이린을 리우 도령과 맺어 주지 못했으니 공부를 시켜서 선생을 만들 생각입니다."

큰아버지의 얼굴이 분노로 시뻘게졌다. 하지만 정확히

---

* 孫文(1866.11.12~1925.3.12). 공화제 창시자로 국민정부 시대에는 국부(國父)로 칭송을 받았다.

무엇 때문인지는 알 수 없었다. 남자들이 바깥세상 일에 대해서 진지하게 대화를 나누는 데 어머니가 감히 끼어들 어서인지, 아니면 내가 공부를 해서 선생님이 되겠다는 생 각을 해서인지.

큰아버지가 버럭 소리를 질렀다.

"계집애가 바깥일을 한단 말이냐?"

아버지는 콜록 기침을 했다.

"심려하지 마십시오, 형님. 아이린의 장래를 생각하기 는 아직 이르지 않습니까? 게다가 십 년 안에 우리나라가 어찌 될지도 모르지 않습니까."

말을 마치고, 아버지는 다시 기침을 했다. 사실 아버지 는 꽤 한동안 기침을 하더니 손수건을 꺼내 입을 닦았다.

하지만 큰아버지는 계속해서 화를 냈다.

"넌 계속 변한다는 말만 하고 있다만, 천륜은 절대 변하 지 않는 법이야. 너는 남자가 여자가 되고 가슴이 커지기 라도 할 것 같으냐? 아니면 여자에게 수염이 날 것 같으 냐? 도대체 너는……."

큰아버지는 갑자기 말을 뚝 끊고 아버지의 손에 든 손수 건을 멍하니 바라보았다.

"저는 괜찮습니다."

아버지는 이렇게 말했지만, 나는 이미 손수건에 묻은 피를 보았다.

가슴이 철렁 내려앉았다. 아버지가 폐병에 걸렸단 말인가? 우리 고모를 죽인 그 무서운 병에? 그래서 아버지가 최근 들어 눈에 띄게 야위고 피곤해하셨던 것일까?

몇 달이 흘렀다. 나는 오직 학교에 있을 때만 아버지의 기침을 머릿속에서 지울 수 있었다. 그래서 미친 듯이 공부에 전념했다. 영어는 여전히 내가 가장 잘하는 과목이었고, 길버슨 선생님은 내 발음을 칭찬하셨다. 선생님은 다른 상급반 학생들에게 하듯이, 나에게도 서양 이름을 지어 주었다. 선생님은 '에일린'이라는 이름을 골라 주었는데, 내 중국 이름이 아이린과 거의 발음이 똑같았기 때문에 무척이나 마음에 들었다. 내 친구 쉬에옌 역시 영어 이름을 받았다. 하지만 쉬에옌은 셰일라라는 이름을 싫어해서 사용하려고 하지 않았다.

새로운 이름과 더불어, 나는 제2의 인생으로 태어난 것 같았다. 학교에 있으면, 나는 영어를 쓰고 은하계와 러시아처럼 머나먼 세계에 대해서 배우는 에일린이었다. 하지만 집에서는 파혼을 당한, 기가 센 계집아이 아이린이었다.

오래지 않아 길버슨 선생님은 나에게 다른 학생들의 잘못된 발음을 교정해 달라고 부탁했다.

쉬에옌이 이상한 듯이 물었다.

"넌 정말 길버슨 선생님과 똑같이 발음하는구나. 어떻게 그런 이상한 발음을 완벽하게 따라 할 수 있는 거지?"

하지만 모든 학생들이 쉬에옌처럼 다정한 것은 아니었다. 어떤 학생들은 내가 자기들 발음을 고쳐 주는 것을 못마땅하게 여겼다. 특히 전족을 한 학생들은 나를 몹시 미워했다.

나는 한 아이가 소곤거리는 소리를 들었다.

"저 아이는 농부의 딸이나 마찬가지야! 자기가 외국인이라도 될 수 있을 줄 아나 보지? 콧등에 진흙을 붙여서 코 좀 높이고 머리카락을 빨갛게 물들이면 되려나?"

세계사는 스콧 선생님이 가르쳤다. 곱슬곱슬한 금발에 앙상하게 마른 여자였다. 나는 스콧 선생님을 길버슨 선생님만큼 좋아하지 않았다. 왜냐하면 스콧 선생님은 학생들이 틀리면 야단치는 걸 좋아했고, 잘했을 때에도 칭찬에 인색했기 때문이었다. 하지만 중세시대에 살았던 '기사'라는 전사 이야기를 해 줄 때면, 넋이 빠져 귀를 기울였다. 교과서에 실린 그림에 갑옷을 입은 기사들이 등장했는데,

그 갑옷이라는 것이 마치 깡통으로 만든 것처럼 보였다. 어느 날인가 학교에서 영국식 오후 간식으로 홍차와 패스 트리 빵, 그리고 깡통에 담긴 진한 우유가 나온 적이 있었 는데, 깡통은 생전 처음 보는 신기한 물건이었다. 나는 그 런 깡통으로 만든 갑옷을 입은 기사들의 모습을 상상할 수 없었다.

스콧 선생님이 중국 역사를 가르칠 때면, 나는 더욱 더 속상했다. 선생님은 중국 왕조가 부패와 타락 때문에 어떻 게 차례차례 망했는지 이야기했다. 물론 최근에 몰락한 청 나라도 빠지지 않았다. 비록 큰아버지와 아버지도 종종 우 리나라의 부패에 대해서 이야기하곤 하지만 외국인의 입 에서 우리나라의 예전 지배자들을 비판하는 말을 들으니 화가 났다.

일 년 전만 같아도, 나는 큰 소리로 불만을 터트렸을 것 이다. 하지만 이제는 선생님에 맞서 싸우다가는 학교에서 중한 징계를 받을 수 있다는 것을 알고 있었다. 자칫하면 학교에서 쫓겨날지도 몰랐다.

예전에 쉬에옌이 당한 일을 보고 경고를 받은 셈이었다. 스콧 선생님이 중국 역사에서 여자는 항상 노예와 같은 처 지였다고 말했을 때, 쉬에옌은 손을 번쩍 들고 의기양양하게 말했던 것이다.

"화뮬란*이라고 하는 유명한 여자 전사도 있었습니다. 그리고 당나라의 우 저티앤 황후**는 실제로 자신을 황제로 선언하고 새로운 왕조를 시작하려고 했었어요!"

하지만 쉬에옌도 차마 시타이후***의 이름까지 입에 올리지는 못했다. 이 황후는 얼마 전에 죽었지만, 그 이름을 입에 올리는 것만으로도 등골이 오싹했기 때문이다. 우리 부모님도 사악하고 강력한 힘을 지녔던 시타이후 이야기를 할 때마다 한껏 목소리를 낮추었다. 심지어 혁명 이후 청나라의 지배에서 벗어난 후에도 마찬가지였다.

스콧 선생님은 쉬에옌이 공공연하게 자기와 맞서는 데 크게 화가 나서, 쉬에옌을 교장실로 보냈다. 결국 쉬에옌은 심한 징계를 당했으며, 오직 부유하고 영향력 있는 집안 덕분에 간신히 학교에 다닐 수 있었다.

내 경우는 달랐다. 우리 타오 집안 역시 여러 세대에 걸

---

* 디즈니에서 만든 만화 영화 〈뮬란〉의 이야기가 되었던 중국 설화의 주인공 이름.

** 則天武后(624?~705.12.16). 당나라 제3대 고종(高宗)의 황후.

*** 西太后(1835~1908). 청나라 함풍제의 후궁이며, 동치제의 생모인 자희황태후.

쳐 부를 누려 왔다. 우리 언니들이 결혼을 할 때에는 값비
싼 예단이 담긴 함이 줄줄이 신랑 집으로 보내졌다. 그래
야만 시집에서 언니들의 낯이 섰기 때문이었다. 그러므로
어느 날 저녁, 큰아버지가 저녁 식사 자리에 와서 쓸데없
는 경비에 대해서 불평을 늘어놓을 때까지, 나는 돈에 관
해서는 아무 신경도 쓰지 않았다.

큰아버지가 말했다.

"도적 떼로 변한 군인들이 시골을 약탈하는 바람에 소
작료를 걷을 수가 없구나. 우리도 씀씀이를 줄여야겠다."

큰아버지는 한동안 나를 보더니 말을 이었다.

"공립학교에 내는 학비가 만만치 않아."

큰아버지는 어떻게든 나를 학교에서 빼낼 수만 있다면
무슨 핑계라도 댈 것이다. 큰아버지가 이제껏 마음대로 하
지 못했던 것은 오직 아버지가 강력하게 나를 지지해 주었
기 때문이었다.

아버지가 조용히 말했다.

"제가 세관에 나가는 한, 아이린을 학교에 보낼 여력은
있습니다."

하지만 아버지는 병자였다. 이제는 쉴새없이 기침을 하
셨고, 두 뺨이 종종 홍조를 띠었다.

어느 금요일 오후에 학교가 일찍 끝났다. 부활절이라는 기독교 명절 때문이었다. 친구들과 나는 정문 앞에 서서 집까지 타고 갈 인력거를 기다리고 있었다.

커다란 목소리가 들렸다.

"정말이었구나! 너도 공립학교에 올 거라고 하더니만!"

획 뒤를 돌아본 나는 어렴풋이 낯이 익은 남학생을 보았다. 높이 치켜뜬 눈썹을 보자, 누군지 비로소 생각났다.

남자애가 몇 번이나 입을 뻐끔거리며 물었다.

"나 기억 안 나?"

물론 기억이 났다. 내 옛날 정혼자인 리우 한웨이였다. 우리 친척들은 내가 전족을 거부함으로써, 리우 가문의 아들과 결혼할 기회를 놓쳤다는 사실을 절대로 잊어버리도록 나를 내버려두지 않았다.

마지막으로 내가 한웨이를 만난 것은 쉬앤우 호수로 뱃놀이를 나갔을 때였다. 이제 3년이 흘렀으니, 키도 훨씬 크고 목소리도 달라졌다. 굵은 목소리 때문인지 꽤 어른스러워 보였다.

나는 태연하게 인사했다.

"안녕, 한웨이."

그리고 쉬에옌을 가리키며 말했다.

"얘는 내 친구 장 쉬에옌이야. 나랑 같은 학교에 다녀."

한웨이가 빙그레 웃었다.

"여기가 너희 학교니, 아이린? 학교 다니는 건 재밌어?"

"너무너무 신나. 네가 공립학교에 다닌다는 말을 들은 뒤부터 나도 학교에 다니고 싶었거든."

한웨이가 손가락으로 가리켰다.

"우리 학교는 바로 저 아래에 있어. 이렇게 가까이 있으니 또 만나겠구나."

한웨이는 뭔가 말을 꺼내려고 하다가, 갑자기 표정을 바꾸었다.

"이제 그만 가야겠다."

한웨이는 돌아서서 재빨리 자기를 부르고 있는 다른 남학생들에게 걸어갔다.

쉬에옌은 호기심 어린 눈초리로 한웨이를 바라보았다.

"누구니? 너한테 관심 있는 것 같다."

"관심 끊는 게 좋을 거야."

나는 애써 태연한 목소리로 말하려고 노력했다. 그렇지만 마음속에서 기쁨이 넘쳐흐르는 것을 어쩔 수 없었다.

"우리는 예전에 정혼한 사이였어. 하지만 내가 전족을 하지 않겠다고 하자, 저쪽 집안에서 정혼을 깨버렸지."

"한웨이가 순순히 부모님들의 명령을 따랐다면, 뭐 별로 안타까워할 일도 아니네. 약혼을 깨라고 결정한 것은 그애 어머니였겠지?"

나는 누가 결정했는지 별로 생각해 본 적이 없었다. 하지만 할머니의 장례식에서 리우 부인이 한 말을 생각해 보면, 쉬에옌의 말이 맞는 것 같았다. 한웨이는 아직도 나에게 관심이 있는 것처럼 보였다. 그렇다면 전족을 하지 않은 여자를 받아들일 수 없다고 결정할 사람은 바로 리우 부인밖에 없었다. 우리 타오 집안에서 결혼이나 약혼에 관해 중요한 결정을 내리는 사람이 할머니였듯이 말이다.

쉬에옌이 중얼거렸다.

"스콧 선생님이 뭐라고 하시든, 중국 여자들은 항상 세도가 당당했다니까."

하지만 내가 이해할 수 없는 점이 있었다.

"우리 여자들이 그렇게 힘이 있었다면, 왜 발을 묶는 고통을 그대로 감수했던 거지? 남자들은 절대로 발을 묶지 않잖아!"

쉬에옌이 고개를 저었다.

"그건 우리 어머니와 할머니들이 그런 전통을 고집했기 때문이야."

문득 내게 전족을 시키려고 애를 썼던 사람은 바로 어머니와 할머니였다는 사실이 떠올랐다. 결국 그것을 막아준 사람은 아버지였다.

"나는 남자들을 기쁘게 해주기 위해서 여자들이 전족을 한다고 생각했는데!"

줄곧 고전만 가르쳤던 우리 집 가정교사가 했던 말이 떠올랐다.

"공자님 말씀에 따르면, 여자들은 남자들에게 복종을 해야만 한대. 전족을 하면 우리 여자들은 힘이 없어지고, 따라서 양순해지기 마련이잖아."

쉬에옌이 반박했다.

"공자님 시대에는 여자들이 전족을 하지 않았어! 그런 풍습이 생긴 건 몇백 년이 지난 뒤라고!"

쉬에옌은 역사에 능통했기 때문에, 나는 반박할 생각조차 하지 못했다.

내가 물었다.

"그렇다면 우리 어머니들은 왜 이런 끔찍한 풍습을 딸들에게 강요해 온 거지?"

쉬에옌이 말했다.

"딸들도 자신들이 겪은 것과 똑같은 고통을 겪길 바라

시는 모양이지."

물론 우리 어머니가 그렇게 잔인한 사람이라고는 믿기 어려웠다. 하지만 남자가 발이 큰 여자를 기꺼이 아내로 맞이하려고 하는데, 정작 남자의 어머니가 방해를 하는 까닭은 정말 알 수 없었다. 한웨이가 아직도 나에게 관심이 있다는 것은 분명한 사실이었다. 더욱 이상한 점은, 할머니 장례식 때 만났던 리우 부인도 약혼을 깬 것을 유감스럽게 여기는 것 같았다는 것이다. 그렇다면 왜 부인은 파혼을 했을까? 전통 때문일까?

전족을 한 우리 반 친구들은 어떻게든 나를 사회적 낙오자로 만들려고 애를 썼다. 하지만 전족을 하지 않은 여자는 받아들일 수 없다는 규칙을 누가 정했을까? 쉬에옌에 의하면, 공자님은 아니었다.

여러 세대 동안 여자아이들은 누군지 알지도 못하는 사람이 정한 규칙 때문에 뼈를 깎는 고통을 겪어야만 했다. 전족을 하지 않은 여자는 상류사회에 받아들여질 수 없었던 것이다. 지금이야말로 이 말도 안 되는 인습을 끝내 버려야 할 때였다. 나는 쉬에옌과 내가 이 인습에 저항한 첫 번째 여자들이라는 사실이 무척이나 자랑스러웠다.

아버지의 죽음

나는 아버지가 아프다는 것을 생각하지 않고 지내려고 애를 썼다. 아버지가 출근을 하지 않고 있다는 사실을 알았지만, 그것은 모두 관청 일이 원활하게 돌아가지 않는 탓으로 돌리려고 했다. 하지만 아버지의 폐병이 심각하다는 분명한 징조를 모르는 척하기가 점점 더 어려워졌다. 발작적인 기침 때문에 아버지의 손수건이 붉은 피로 물들었다.

하지만 아버지는 여전히 틈을 내어 나와 이야기를 나누셨다. 그리고 내 학교생활에 대해서, 특히 세계사 수업에 대해서 큰 관심을 보이셨다.

"더 많은 젊은이들이 바깥세상에 대해서 배울 수만 있

다면, 우리나라도 아직 늦지 않을 텐데."

우리가 서재에 앉아 있을 때, 아버지가 한탄했다.

나는 쉬에옌과 스콧 선생님이 벌인 설전에 대해서 이야기했다. 아버지는 껄껄 웃다가 그만 다시 기침을 시작하고 말았다. 기침을 그치고 다시 이야기를 시작했을 때, 아버지는 좀더 심각한 표정으로 말했다.

"혁명이 일어난 지 7년이 되었지만, 우리는 아직도 제정에서 공화정으로 넘어가는 데 어려움을 겪고 있다. 그러니 다른 나라들이 어떻게 이 문제를 해결했는지 배워야만 한다."

아버지가 어른을 대하듯 나에게 이런 말을 해주는 것이, 나는 무척이나 자랑스러웠다. 하지만 나는 아버지를 피곤하게 하고 있었다.

어머니가 생강차를 들고 들어오더니 걱정을 했다.

"당신은 이 차나 한 잔 마시고 쉬도록 하세요."

다섯 달 뒤 어느 겨울날 오후에, 내가 학교에서 돌아오니 둘째언니가 내 방에 있었다. 나는 언니를 다시 만난 것이 너무 기뻐서 처음에는 이상한 기색을 알아채지 못했다. 잠시 후에야 나는 언니의 안색을 살피며 물었다.

"무슨 일이 있어, 둘째언니?"

언니가 되물었다.

"아이린, 아버지가 편찮으시다는 건 너도 알지?"

내가 말했다.

"아버지가 회사에 가지 않으신다는 건 나도 알고 있어. 하지만 그건 혁명 이후로 세관 같은 정부 관청들이 아직 정상을 되찾지 못하고 있어서라고 생각했는데."

둘째언니의 입이 딱 벌어졌다.

"아버지가 너에게 관청 이야기를 다 하신단 말이니?"

나는 솔직히 털어놓았다.

"저녁 식사 때 아버지와 큰아버지가 말씀하시는 걸 들었어."

둘째언니가 말했다.

"나는 남자들 이야기에는 귀를 기울이지 말아야 한다고 생각했어. 그런 일은 전혀 내가 상관할 일이 아니라고 생각했지."

그런 말이 어머니 입에서 나왔다면, 나는 또 나를 꾸짖는 말로 받아들였을 것이다. 하지만 둘째언니의 얼굴에는 후회하는 기색이 가득했다.

내가 말했다.

"난 참견쟁이잖아. 누구나 그렇게 말하는걸."

둘째언니는 멍하니 내 침대보를 손으로 쓰다듬고 있었다. 잠시 후에 언니는 침묵을 깼다.

"아이린, 내가 오늘 집에 온 건, 아버지가 위독하시기 때문이야."

나는 침을 꿀꺽 삼킨 다음, 입을 열었다.

"그래, 나도 알아."

둘째언니의 목소리가 파르르 떨렸다.

"아이린, 아버지가 이제 더이상 널 뒷받침해 주실 수 없게 된다면…… 그땐 네가 어떻게 할지 생각해 둬야 할 것 같구나."

갑자기 온몸이 싸늘해졌다. 나는 두 팔로 몸을 감싸 안았다.

"언니 말은 내가 공부를 계속해서 선생님이 될 수 없단 말이야?"

둘째언니가 말을 이었다.

"너를 학교에 보내겠다고 결정하신 건 아버지였어. 만약 아버지가 더이상 학비를 대주실 수 없게 되면, 넌 학교를 그만 둬야 할 거야."

나는 큰아버지가 농부들한테 거두어들이는 소작료가 줄어들었다고 했던 것을 잊지 않고 있었다. 우리 집안이 예전처럼 부유하다고 해도, 큰아버지는 할 수만 있다면 내 공부를 그만두게 할 것이 틀림없었다. 그리고 아버지가 돌아가시고 나면, 큰아버지는 내 장래에 대한 모든 결정권을 갖게 될 것이다.

아버지는 5주 후에 세상을 떠났다. 장례식은 할머니 때만큼 성대하지 않았다. 나는 언니들과 다른 집안여자들과 함께 큰 소리로 곡을 하면서 엄청난 분노를 느꼈다. 큰아버지는 할머니 장례식 때만큼 아버지 장례식을 성대하게 치르려고 하지 않았다. 물론 전통에 따라서, 자식이 부모의 장례식에 더 많은 정성을 기울이는 것은 당연한 일이었다. 그렇지만 내 억울한 마음은 풀리지 않았다.

나는 증오로 가득 찬 눈으로 큰아버지를 노려보면서 쩨쩨함을 경멸했다. 큰아버지의 얼굴은 더욱 깊이 주름이 파여 있었고, 평소 자만심이나 분노로 기세등등하게 벌어져 있던 어깨는 보기 드물게 축 처져 있었다. 문득 나는 큰아버지도 나만큼이나 동생의 죽음을 애통해하고 있다는 사실을 깨달았다. 내가 그토록 싫어하는 큰아버지였지만, 큰아버지 또한 아버지를 깊이 사랑했던 것이다.

장례식이 끝나자, 언니들은 시집으로 돌아갔고, 나는 하얀 상복을 벗었다. 그리고 바로 그날 오후에 나는 큰아버지의 방으로 불려갔다.

큰아버지의 두 부인이 응접실에 함께 있었다. 두 사람은 다정하고 상냥한 목소리로 나에게 말을 걸었지만, 차마 내 눈을 마주치지 못했다. 차를 내오고 다과를 꺼내놓은 다음, 두 사람은 재빨리 안방으로 들어가 버렸다.

큰아버지는 단도직입적으로 말했다.

"너는 다시는 학교에 다닐 수 없다."

내 심장이 쿵쾅쿵쾅 빠르게 뛰었다. 하지만 나는 애써 두려움을 숨겼다.

"왜 안 되는 거죠?"

큰아버지가 쏘아붙였다.

"내가 그렇게 말했으니까!"

나는 억지로 미소를 지어 보였다.

"옛날에도 그런 이유를 대곤 했었죠!"

잠시 후에 한 마디 덧붙였다.

"물론 제가 훨씬 더 어렸을 때 일이지만 말이죠."

큰아버지가 눈을 부라렸다. 하지만 큰아버지의 얼굴은 아무런 표정이 없었다.

"너는 항상 어른들 대화를 엿들어 왔으니, 쓸데없는 지

출을 줄여야 한다는 것을 알고 있을 게다. 네 학비는 괜한 돈 낭비야."

"이번 학기 학비는 이미 냈습니다. 그러니까 제가 지금 학교를 그만둔다면, 그거야말로 괜한 돈 낭비죠. 돈 낭비를 하면 안 된다고 항상 말씀하지 않으셨습니까?"

큰아버지가 버럭 고함을 질렀다.

"네가 이렇게 주제넘은 것도 모두 다 양놈들 학교를 다니기 때문이야!"

나는 눈물이 흘러내리는 것을 애써 참았다.

"아버지는 제가 학교에 다니기를 원하셨습니다. 아버지가 돌아가신 지 이제 겨우 일 주일밖에 지나지 않았는데, 벌써 돌아가신 분의 뜻을 어기실 작정이신가요?"

큰아버지는 더이상 분노를 참지 못했다.

"너는 내가 타오 가문의 가장이라는 걸 모르느냐? 나는 네 숨통을 끊어서 네 시체를 우물에 던져 넣으라고 명령할 수도 있다!"

나는 숨이 막히는 기분이었다. 다리가 후들후들 떨렸다.

"아니요. 새 정부가 들어섰으니, 이제 그럴 권리가 없습니다. 가족을 죽이는 것은 이제 불법이니까요. 만약 그런 짓을 하신다면, 큰아버지는 범법자로 체포될 거예요."

큰아버지의 얼굴이 뻘겋다 못해 시커멓게 변했다. 순간 나는 큰아버지가 당장이라도 손을 들어 나를 후려칠 것이라고 생각했다. 새로운 법으로도 때리는 것은 불법이 아니었다.

큰아버지가 씩씩거리며 분을 참고 있을 때, 뒤에서 바스락거리는 소리가 들렸다. 그리고 큰아버지의 첫째 부인이 손짓을 했다.

"내 방에 들어와서 잠깐 앉아 있는 게 좋겠다. 너희 큰아버지가 저렇게 화가 나셨을 때에는 무슨 짓을 하실지 몰라요."

큰어머니의 말이 맞았다. 나는 큰어머니의 뒤를 따라가며, 이거야말로 저 가냘프고 구박받는 여인이 평생 해본 가장 용감한 행동일 것이라고 생각했다.

남은 두 달 동안, 큰아버지는 내가 학교에 다니는 것을 막지 않았다. 나는 하루하루를 소중하게 여기며, 가장 값진 시간으로 삼겠다고 결심했다. 그리하여 그 어느 때보다도 더 열심히 공부했다.

나는 쉬에옌에게 우리 집 사정을 이야기했다. 그러자 쉬에옌이 이 소식을 다른 친구들에게 퍼뜨렸고, 오래지 않아 선생님들까지 나를 퇴학시키기로 한 큰아버지의 결정을 해서 알게 되었다.

어느 날 길버슨 선생님이 수업이 끝나고 난 후에 나를
불렀다.

"에일린은 우리 영어 반에서 가장 뛰어난 학생이에요.
듣기 실력이 좋고 발음도 거의 완벽해요. 부족한 건 어휘
력뿐이에요. 그런데 내년부터는 학교를 다닐 수 없다는 말
을 들었어요. 내가 우리 집에서 무료로 영어를 가르쳐 주
겠어요. 학생의 훌륭한 능력을 그대로 썩힐 순 없어요."

길버슨 선생님의 친절에, 나는 그만 마음이 약해져서 눈
물을 터트리고 말았다. 큰아버지의 호된 꾸지람에도 눈물
을 보이지 않았던 나였다. 그것은 장례식 때 내는 곡소리
처럼 단조롭고 장단이 있는 울음이 아니라, 목구멍에서부
터 솟구치는 가슴 아픈 흐느낌이었다. 마침내 나는 딸꾹질
을 하며 간신히 울음을 멈추고, 푸른색 면 교복 소매로 얼
굴에 흐르는 눈물을 닦았다.

"여기, 이걸 써요."

길버슨 선생님은 목이 메어 이렇게 말하며, 나에게 손수
건을 내밀었다. 내가 얼굴을 다 닦고 눈물에 흠뻑 젖어 꼬
깃꼬깃해진 손수건을 돌려주려고 하자, 길버슨 선생님은
빙그레 웃으며 고개를 저었다.

"에일린, 손수건은 그냥 가져요."

'프랜시스 길버슨'이라는 이름이 수 놓아진 그 손수건은 지금까지도 내 보물로 남아 있다.

하지만 모든 선생님들이 길버슨 선생님처럼 동정적이었던 것은 아니었다. 스콧 선생님은 나와 쉬에옌을 골칫거리로 생각하는 것 같았다. 스콧 선생님은 골칫거리 학생 하나가 사라지게 된 것을 반가워하는 듯한 목소리였다.

스콧 선생님이 입술을 삐죽 내밀며 말했다.

"어쨌든 보호자가 원하는 대로 따를 수밖에 없잖아요. 아이린의 장래를 다 알아서 생각해 놓으셨을 거예요."

하지만 나는 큰아버지가 내 장래에 대해서 무슨 생각을 하고 있든, 그게 가장 두려웠다. 큰아버지의 생각을 미리 짐작하기란 불가능했다. 내가 큰아버지를 피하듯이, 큰아버지도 되도록이면 집에서 나와 마주치는 것을 피하는 것 같았기 때문이었다. 나는 어머니를 통해서 무슨 이야기를 들어볼까 했지만, 큰아버지의 계획에 대한 이야기만 꺼내면 어머니는 눈물부터 보였다.

학기 말이 다가오자, 졸업을 앞둔 여학생들은 안타까운 작별인사를 주고받기 시작했다. 몇몇 학생들은 집안끼리 혼례를 약속했다고 은근히 털어놓았다.

결혼 이야기가 나올 때마다, 나는 가슴이 쓰렸다.

쉬에옌이 말했다.

"그런 애들 말에는 귀 기울이지 마. 걔네들은 머리가 텅 빈 멍청이들이야. 남편만 얻으면 온 세상이 시작되고 끝난 다고 생각하지."

"질투하는 게 아니야. 두려운 거지. 우리 큰아버지가 날 위해 어떤 남편감을 생각하고 계신지 전혀 모르겠어."

쉬에옌이 나를 옆눈으로 힐끗 보았다.

"작년에 보았던 그 남자애는 어때? 너랑 정혼까지 했었 다면서? 그 사람 이름이 뭐였지?"

내가 중얼거렸다.

"리우 한웨이야. 난 더이상 그 사람 생각은 안 해. 이미 내 인생과는 무관한 사람이야."

쉬에옌이 단호하게 선언했다.

"어쨌든 난 절대 결혼하지 않을 거야! 난 의사가 돼서 내가 번 돈으로 먹고 살 테니까."

내 친구의 단호한 표정을 바라보면서, 쉬에옌이라면 반 드시 그렇게 할 수 있을 것이라고 생각했다. 물론 쉬에옌 의 집안에서는 이미 쉬에옌이 매킨토시 학교를 졸업하고 나면, 의대 학비를 대주겠다고 약속한 상태였다.

반면 영어 선생님이 되겠다는 내 희망은 완전히 불가능한 꿈인 것 같았다. 이제 한 주일만 지나면, 내 평생에 학교 다니는 일은 더이상 없을 것이다.

학교에서 마지막 날에, 일 년의 끝을 정리하는 종업식이 있었다. 졸업반 최우등생들의 졸업 인사말을 들으면서, 나는 절대로 저 여학생들처럼 단상 위에 올라가지 못하리라는 사실을 깨달았다. 그들은 자랑스럽고 기쁨에 가득 찬 얼굴로 눈물을 글썽이고 있었다.

그날 나를 구원해 준 것은 길버슨 선생님의 말이었다.

"에일린, 잊지 말아요. 다음 주부터 우리 집에서 개인 교습을 시작하겠어요."

학교가 끝나자 무덥고 끈끈한 여름이 시작되었다. 중국의 삼대 화덕 중 하나라고 불리는 난징은 정신이 혼미할 만큼 뜨거운 도시였다. 거지들조차 축 늘어져서, 지나가는 행인들에게 말없이 밥사발만 내밀 뿐이었다.

집에서는 아무도 내가 아침 일찍 대문을 살짝 빠져나가는 것을 눈치 채지 못한 것 같았다. 나는 인력거를 타고 길버슨 선생님 댁으로 갔다. 어머니에게는 개인 교습을 받는다고 미리 말해 두었다. 어머니는 어쩔 수 없다는 듯 고개만 설레설레 저을 뿐, 아무 반대도 하지 않았다. 최소한 인력거를 타고 간다는 사실에 안심하는 것 같았다. 자기 딸이 하녀나 광대, 농부처럼 대로를 버젓이 활보하고 다니는 꼴을 볼 수는 없었던 것이다.

큰아버지가 이 일을 알고 있는지는 알 수 없었다. 혹시 의심을 하고 있을지라도, 대놓고 반대를 하지는 않았다.

첫번째 수업이 시작되었을 때, 나는 길버슨 선생님에게 어떻게든 고마운 마음을 표현하고자 애썼다.

"언젠가는 꼭 보답을 하겠어요!"

길버슨 선생님은 퉁명스럽게 말했다.

"이건 내가 좋아서 하는 일이에요. 그러니 그런 인사치레는 생략하도록 해요. 나는 낭비할 시간이 없어요. 에일린도 마찬가지고요."

길버슨 선생님은 자리에 앉자마자 책을 폈다. 나는 그 어느 때보다도 열심히 공부했다. 우리의 진도를 방해할 학생도 없었으므로, 내가 한 단원을 끝내자마자, 길버슨 선생님은 곧바로 다음 단원으로 넘어갔다.

더위가 극에 달했다. 어느 날은 길버슨 선생님의 코에서 땀방울이 흘러내려 책상 위로 뚝뚝 떨어졌다. 나 또한 똑같이 땀을 흘리고 있다는 것을 깨닫고, 나는 웃음을 터트렸다. 둘 다 정신 없이 공부에 몰두하고 있었던 것이다. 선생님은 가르치는 기쁨에, 나는 배우는 기쁨에 모든 것을 잊어버렸다.

몇 주일 후에 길버슨 선생님과 나는 영어로만 이야기를 주고받을 수 있게 되었다. 그러던 어느 날 현관에서 누군가 부르는 소리에 수업이 중단되었다. 그 사람은 영어로 말을 하고 있었다.

"프랜시스가 개인 교습까지 하는 줄 몰랐네."

길버슨 선생님이 고개를 들더니 말했다.

"에일린, 미안하지만 오늘 공부는 여기서 끝내야겠어요. 옛날 친구가 찾아왔어요."

선생님은 재빨리 일어나서 문으로 달려갔다.

"이모젠느! 어서 와! 매킨토시 학교에서 가장 뛰어난 수제자를 소개할게."

키가 큰 금발 여자가 방으로 들어왔다. 나는 학교에서 배운 대로 자리에서 일어나서 악수를 했다.

"이쪽은 에일린 타오야."

길버슨 선생님이 나를 소개했다.

"이쪽은 이모젠느 워너. 워너 부부는 내 오랜 친구인데, 상하이에 있다가 난징에 방금 왔어요."

이렇게 해서 나는 처음으로 워너 가족을 만나게 되었다. 나중에 길버슨 선생님을 통해서, 워너 부부 모두 선교사이고 6년 동안 상하이에서 살다가 난징으로 옮겨 왔다는 이야기를 들었다. 그들에게는 아이들이 둘 있었는데, 그레이스는 여섯 살이었고, 빌리는 다섯 살로 중국에서 태어났다. 하지만 다른 선교사들처럼, 한동안 휴가를 얻어서 고향으로 돌아갈 예정이었다. 워너 가족의 고향은 샌프란시스코인데, 미국 서쪽 해안에 있는 커다란 도시라고 했다.

나는 이런 이야기를 모두 듣고 마음 한쪽에 담아두었다. 물론 그때는 이들 가족이 나에게 얼마나 중요한 사람들이 될지 꿈에도 알지 못했다.

다른 인생

첫 찬바람이 마당에 불기 시작한 어느 늦여름 저녁, 큰아버지가 드디어 움직임을 보였다. 나는 어머니와 남동생과 함께 마루에 나와 앉아 있었다. 동생에게 눈먼 생쥐 영어 노래를 가르치고 있었다. 하녀들은 키득거렸고, 어머니도 행복한 미소를 지었다. 남동생은 깔깔 웃다가 의자에서 미끄러져 뒤로 벌렁 나자빠지기까지 했다.

　갑자기 하녀들이 입을 다물었다. 어머니의 얼굴에서도 미소가 싹 사라졌다. 큰아버지의 하녀가 둥근 문을 통해 들어오고 있었다.

　"셋째아가씨, 주인님께서 뵙자고 하십니다."

어머니의 목소리가 가냘프게 떨렸다.

"아이린, 내가 같이 가주마."

하녀가 말했다.

"주인님이 셋째아가씨 혼자 오라고 하셨습니다."

나는 어머니의 표정을 살폈다.

"어머니, 큰아버지가 제 장래를 놓고 무슨 결정을 내리셨을까요?"

어머니가 나를 껴안았다.

"중매쟁이를 계속 만나 오셨단다."

어머니는 침을 꿀꺽 삼켰다.

"아이린, 아버지가 돌아가셨으니 이제부터 큰아버지가 네 장래를 결정하실 어른이시다 부디 큰아버지를 노하게 하지 마라."

하인이 헛기침을 했다.

"주인님께서 기다리십니다."

나는 어머니의 품을 조심스럽게 빠져나왔다.

"큰아버지가 더 역정을 내시기 전에 어서 가보는 게 좋겠어요."

큰아버지는 사랑채에 나와 앉아 차를 마시고 있다가 나에게 손짓으로 맞은편 의자에 앉으라고 했다. 늘 그렇듯이, 큰아버지는 시간을 낭비하지 않고 곧장 본론으로 들어 갔다.

"우리 집안에 아무 보탬도 안 되는 여자를 언제까지나 먹이고 입힐 수는 없다."

나는 큰아버지가 계속 학교만 다니게 해준다면, 반드시 교사가 되어서 내 봉급으로 집안에 보탬이 될 수 있다고 말씀드리고 싶었다. 하지만 그래 봐야 아무 소용이 없다는 것을 이미 알고 있었다.

큰아버지는 말을 이었다.

"너도 알다시피, 리우 집안은 너와 한웨이와의 혼담을 취소했다."

그 사실을 굳이 환기시킬 필요는 없었다. 우리 집안에서 늘 입에 오르내리는 화젯거리였으니 말이다. 게다가 이미 몇 년 전 일이었다.

내가 말했다.

"어머니 말씀이 큰아버지께서 중매쟁이를 만나셨다고 하시던데요."

"네가 주제넘게 자꾸 끼어드니 말을 할 수가 없구나."

큰아버지는 차를 한 모금 마시고는 조용히 도자기 잔에 새겨진 문양을 들여다보고 있었다. 나는 큰아버지가 선뜻 말을 꺼내지 못하고 있음을 알아차렸다. 내 마음은 더욱 더 불길해졌다.

큰아버지는 목청을 가다듬었다.

"팽씨 집안의 둘째아들이 안방에 여자를 들이고 싶어한다. 이미 정실부인이 둘이나 있지만, 딸밖에 생산하지 못했어. 그렇다고 또 부인을 얻을 수가 없어서 첩실을 들이기로 했단다."

나는 뜨거운 피가 얼굴로 쏠리는 것 같았다. 첩은 노예나 다를 바가 없었다. 남자 집안과 여자 집안 사이에 혼인 서약이나 예물도 전혀 주고받지 않고 그냥 여자를 데려가는 것이기 때문이었다. 첩으로 들어간 여자는 아내로서의 권리나 지위를 전혀 가질 수 없으며, 둘째부인 대접조차 받지 못한다.

"제게 이런 짓을 하시다니요! 타오 가문의 명예에 먹칠을 하시는 겁니다!"

큰아버지가 버럭 소리를 질렀다.

"너까짓 게 타오 가문의 명예에 먹칠을 한다는 말을 할 자격이나 있느냐! 전족을 거부했으니, 애당초 너한테 맞는 제대로 된 혼처를 찾기란 틀린 일이다!"

"저도 달리 할 수 있는 일이 있습니다! 꼭 첩이 되어야만 하는 건 아니에요!"

큰아버지가 물었다.

"무슨 일을 한단 말이냐? 농사꾼에게 시집을 갈 생각이냐? 농사꾼 아낙네라면 발이 커도 괜찮지. 밭에 나가 일을 해야 할 테니 말이다. 우리 소작인들 중에서도 일 잘하는 부인을 원하는 사람이 있을 게야."

나는 문득 옛날 내 보모 생각이 났다. 지난 몇 년 동안은 그 애처로운 작은 여인에 대해서 단 한번도 생각해 본 적이 없었는데, 이제야 비로소 보모가 어떻게 되었을까 궁금해졌다.

"보모가 될 수도 있어요. 제 옛날 보모도 집이 가난해서 뒷받침을 해줄 수 없게 되자, 그 직업을 갖게 된 거라고 했어요."

큰아버지는 찻잔을 탁 소리가 나도록 요란하게 내려놓았다. 그 바람에 찻잔에 금이 가고 뜨거운 차가 장미목 탁자 위로 흘러내렸다. 몇 분 동안 방 안에 들리는 소리라고는 똑똑똑 마루에 물 떨어지는 소리뿐이었다.

이윽고 큰아버지가 천천히 말을 이었다.

"네가 될 수 있는 건 세 가지뿐이다. 비구니, 농사꾼 아내, 혹은 팽씨 가문의 첩실. 그 중에서 선택해라."

며칠 동안 큰아버지는 팽씨 집안의 제안에 대해서 아무 말도 하지 않았다. 하지만 나는 마음을 놓을 수 없다는 것을 잘 알고 있었다. 누가 나를 보호해 줄 수 있을까? 나에게는 땡전 한 푼 없었다. 아버지가 돌아가신 뒤로, 우리는 큰아버지가 주는 것 이외에는 달리 수입이 없었다. 어머니는 약간의 패물을 지니고 있었지만, 그건 남동생을 교육시키는 데 써야 할 것이다.

　이건 너무나 불공평했다! 우리 집안의 돈은 모두 남자아이들을 공부시키는 데 들어갔다. 반면 여자아이에게 쓰는 돈은 낭비로 여겼다. 큰아버지의 아들들은 집에 모신 선생님 밑에서 학업을 마친 뒤에, 공부를 더 계속하기 위해서 돈이 많이 드는 개인 교사까지 들였다. 그런데 그 결과는 어떠했는가? 아들 하나는 관세청에 서기로 근무하고 있는데, 어찌나 게으르고 무능한지 아무리 집안의 인맥을 다 동원해도 원하는 자리로 승진시킬 수가 없었다.

　한편 내 두 언니들은 집에서 배운 공부가 교육받은 전부였고, 상류계층의 부인으로 폐쇄된 삶을 살고 있었다. 둘째언니의 지위는 둘째부인이나 첩보다는 훨씬 더 높았지만, 쌀쌀맞고 못된 시어머니랑 살면서 전혀 행복해하지 않았다.

내 경우에는 보기 드물게 관대한 할머니와 자애로운 아버지가 있었다. 어떤 사람들은 심지어 할머니와 아버지가 나를 망쳐놓았다는 말까지 했다. 보통여자처럼 살 수 없게 만들어놓았다는 것이다. 과연 교육을 받아서, 그 결과 나에게 남은 것은 무엇일까?

내 친구 장 쉬에옌이 나를 도와줄 수 있을까? 학기가 끝난 후로는 한번도 만난 적이 없지만, 쉬에옌의 집이 어디인지는 알고 있었다. 큰아버지가 정말로 부당한 짓을 하려고 한다면, 나는 쉬에옌에게 편지를 보내어 장씨 집안에 이 사실을 알릴 수도 있을 것이다. 장씨 집안은 부유하고 영향력 있는 가문이므로, 그들의 의견은 중요하게 받아들여졌다.

문제는 쉬에옌의 집안 사람들이 공공연하게 큰아버지를 비난한다고 하더라도, 법으로 큰아버지를 막을 방법이 없다는 것이었다. 게다가 쉬에옌의 부모님이 내 편을 들어준다는 보장도 없었다.

전통적으로 중국 여자들의 가장 큰 무기는 자진을 하는 것이었다. 이따금 대단히 억울한 일을 당한 여자들은 스스로 목숨을 끊었다. 비록 그 억울한 사정이 끝내 외부에 밝혀지지 않더라도, 한을 품은 죽은 여인의 귀신이 원수를 쫓아다닐 것이다. 하지만 나는 자살 따위는 하고 싶지 않았다. 과연 내 원혼이 큰아버지를 다시 찾아올지 그것도 알 수 없는 일이었다.

이제 남은 것은 딱 한 가지밖에 없었다. 보모가 되어서 다른 집안의 아이들을 돌보는 것이다. 하지만 내가 어머니에게 이런 뜻을 내비치자, 어머니는 크게 한숨을 쉬었다.

"아이린, 좋은 집안의 보모가 되려면 먼저 네가 잘 배우고 자랐어야 한다. 아이들이 네 행실과 말씨를 보고 따라 할 테니까 말이야."

"저는 잘 배우고 자랐어요! 아무리 그래도 저는 타오 집안의 딸이라고요! 그 사실은 절대 바꿀 수 없어요!"

어머니가 서글픔과 놀라움이 뒤섞인 표정으로 설레설레 고개를 저었다.

"너는 어른들을 전혀 공경하지 않잖니. 게다가 말도 너무 많아. 무엇보다도 아이린, 넌 전족을 하지 않았어."

나는 사람들이 그렇게까지 멍청하다니 믿을 수가 없었다.

"전족을 하지 않으면 보모가 될 자격이 없나요? 아이들의 부모는 보모가 아이들을 뒤쫓아가서 붙잡을 수 있기를 바라지 않겠어요? 내 보모는 항상 뒤뚱뒤뚱 쫓아오다가 징

130

징 울기만 했어요. 그래서 난 항상 도망 다닐 수 있었죠!"

"네가 보모를 피해서 도망 다녔다는 말을 들으면, 아무
도 너에게 자식을 맡기려고 하지 않을 게다."

길버슨 선생님은 나랑 가까운 친구나 마찬가지이지만,
과연 나를 도울 수 있을까? 그 분은 내 친척도 아니었고,
게다가 외국인이었다.

어느 날, 여름이 끝나가고 학교가 다시 시작될 무렵, 길
버슨 선생님이 말했다.

"에일린, 미안하지만 이 개인 수업은 곧 끝내야 할 것
같아요. 일단 학교가 시작되면 시간이 없어요."

나는 쾌활하게 대답하려고 애를 썼다. 하지만 입술이 파
르르 떨리면서 처음으로 영어가 단 한 마디도 입 밖으로
나오지 않았다.

길버슨 선생님이 말했다.

"왜 그래요? 영원히 작별을 하자는 게 아니에요! 계속
연락은 하고 지낼 수 있어요."

"아니, 그럴 수 없어요."

나는 그만 모든 이야기를 털어놓고 말았다. 길버슨 선생
님에게 큰아버지가 내놓은 세 가지 선택을 말했다. 첩이

되든지, 비구니나 아니면 소작농의 아내가 되라는.

"세 가지 중에서 그나마 농부와 결혼하는 게 제일 좋을 것 같아요. 커다란 발로 논이나 일구며 살지요. 어쩌면 소에게 영어를 가르칠 수 있을지도 몰라요."

길버슨 선생님은 충격을 받은 것 같았다.

"지체 높은 집안의 아가씨가 할 수 있는 것이 고작 그 세 가지밖에 없단 말인가요?"

"우리 큰아버지는 제가 지체 높은 아가씨라고 생각하시지 않아요. 전 보모가 될까 생각했지만, 우리 어머니 말씀이 상류층 부모들은 전족을 한 사람을 원한대요."

길버슨 선생님이 말했다.

"잠깐만요, 내게 좋은 생각이 있어요. 아이들을 돌보는 것을 좋아하나요?"

나는 자랑스럽게 말했다.

"저는 제 남동생과도 아주 잘 지냈어요."

길버슨 선생님의 표정에서 왠지 희망을 엿볼 수 있었다.

"혹시 보모를 원하는 분을 알고 계신가요? 전족을 하지 않은 사람이라도?"

길버슨 선생님이 천천히 말했다.

"내 친구인 워너 가족이 두 아이들을 돌봐줄 수 있는 사람을 찾고 있어요. 잠깐 동안 중국인 보모를 두었는데, 아이들이 보모 말을 듣지 않고 정신없이 뛰어다니기만 해서, 이모젠느 워너 말이, 영어를 할 수 있는 보모를 둘 수 있다면 정말 좋겠다더군요."

워너라는 이름이 왠지 귀에 익었다. 그때 문득 길버슨 선생님이 친구들 이야기를 했던 것이 떠올랐다.

"저는 워너 부인을 이미 만난 적이 있어요. 바로 여기서 말이죠."

길버슨 선생님이 활짝 웃었다.

"그랬죠! 지금 당장 이모젠느에게 이 말을 전할게요. 그리고 한번 만날 수 있는지 알아봐야겠어요."

워너 부부는 정말 보모 구하는 일이 다급했는지 당장 다음날 보자는 연락이 왔다. 길버슨 선생님은 나를 2층짜리 양옥 집으로 데려갔다. 큰 도로가 난 도시 지역에 있는 집이었다. 방 지붕 위에 또 다른 방이 있는 집을 보자, 무척이나 신기했다. 위층 마루에서 발을 구르면, 아래층에서 식사를 하고 있는 사람들 밥그릇으로 먼지가 곧장 떨어질 것 같았다!

길버슨 선생님과 내가 집사의 인도를 받아 집안으로 들어가자, 곧 아주 키가 크고 호리호리한 남자가 나타났다.

숱이 적은 갈색 머리를 잘 빗어 넘긴 그 남자는 내가 생전 처음 보는 텁수룩한 턱수염을 기르고 있었다.

"프랜시스, 너무 고마워요!"

남자가 길버슨 선생님과 악수를 하며 인사를 했다. 그리고 나를 향해 돌아섰다.

"당신이 에일린이군요. 길버슨 양한테 이야기 많이 들었어요."

나는 손을 내밀었다.

"안녕하세요, 워너 씨?"

워너 씨의 얼굴이 환하게 밝아졌다.

"이런, 영어가 아주 완벽하군요!"

내가 대답했다.

"운 좋게도 길버슨 선생님께 배운 덕분이지요."

우리 세 사람은 한동안 서로 미소를 지으며 서 있었다. 이때 머리 위에서 쿵쿵거리는 소리가 들려왔다. 그 소리는 나선형 계단을 따라서 천천히 밑으로 내려왔다.

워너 부인이 여자아이의 손을 잡고 먼저 나타났다. 아이는 발그스레하게 빛나는 얼굴이었으나 곱슬거리는 금빛 머리카락은 마구 흐트러져 있었다. 그 뒤로 더 어린 남자아이가 따라왔다. 아이는 잔뜩 얼굴을 찡그리고 있었다. 쿵쿵거리는 아이의 발소리는 뭐든지 닥치는 대로 반항할 태세를 갖추고 있음을 온 천하에 알리고 있었다.

나는 나와 같은 동족을 만났다는 것을 금방 알아차렸다.

"안녕하세요, 에일린. 다시 만나서 반가워요. 이 애는 내 딸 그레이스인데 여섯 살이에요."

워너 부인은 이렇게 말하면서 몸을 돌려 남자아이를 앞으로 끌어내려고 했다. 하지만 아이는 재빨리 몸을 돌려서 부인의 뒤에 가서 섰다.

"얘는 우리 아들 빌리인데 다섯 살이죠. 하지만 가끔은 마치 두 살배기 꼬마처럼 굴어요."

워너 씨가 물었다.

"우리 아이들의 보모가 되어 줄 수 있나요?"

나는 파랗게 빛나는 워너 씨의 눈빛에서 간절한 소망을 읽을 수 있었다.

워너 부인이 남편에게 속삭였다.

"여보, 그런데 에일린 양이 너무 어려 보여요."

워너 씨가 나에게 물었다.

"몇 살이죠?"

나는 서슴없이 말했다.

"열네 살입니다."

길버슨 선생님의 눈썹이 잠깐 올라갔다. 내가 열세 살이 채 안 된 것을 알고 있었던 것이다. 하지만 중국식 계산법에 따르면, 아기는 태어나는 순간부터 한 살이 되고, 그 다음부터 새해가 될 때마다 한 살씩 나이를 먹는다. 나는 12월에 태어났기 때문에, 난 지 석 달이 지나기도 전에 이미 두 살이 된 셈이었다. 그러므로 열네 살이라고 말한 것은 틀림없는 사실이었다.

워너 부인이 고백했다.

"나는 아직도 중국식으로 나이를 계산하는 데 서툴러서요. 중국인들은 항상 실제 나이보다 훨씬 더 어려 보이더군요."

"열네 살이면 어리지는 않구."

워너 씨가 안심한 듯이 말했다. 그리고 나를 향해 돌아섰다.

"우리는 당신이 그레이스와 빌리의 보모가 되어주면 좋겠어요."

"물론 당신은 우리 집에서 함께 살게 될 거예요. 위층에 있는 커다란 방도 혼자 쓸 수 있고요."

집을 떠날 생각을 하자, 마음이 무너지는 것 같았다. 그 아름다운 마당과 향기로운 향나무, 잉어 연못, 그리고 내 명령에 따르던 하녀들. 하지만 어떤 식으로든 결국에는 집을 떠나게 될 것이다. 나에게 주어진 길이라고는, 팽씨 가문의 첩이 되든지 비구니가 되든지, 아니면 진흙 벽으로 지은 초라한 농부의 집에서 사는 것뿐이었다.

나는 꿀꺽 침을 삼켰다.

"예, 여기서 기꺼이 일을 하겠어요."

낯선 하늘

큰아버지에게 내 결정을 알리러 가는데, 어찌나 떨리던지 다리가 맥없이 후들거렸다. 아버지가 돌아가신 직후에, 큰아버지와 만났던 일이 아직도 생생하게 기억났다. 큰아버지는 내 목을 졸라서 우물에 내버리겠다고 협박했다. 내 당돌한 대답도 잊지 않고 있었다. 그것은 전혀 큰아버지의 화를 진정시키지 못했다. 나는 아장아장 걷지 않고 성큼성큼 걸어서 큰아버지가 계시는 별채 마당을 지나 서재까지 걸어갔다. 큰아버지는 탁자 뒤에 앉아서 나를 기다리고 있었다.

나는 당당하게 선언했다.

"미국인 선교사 집에서 보모로 일하기로 했습니다. 이제부터는 그 집에서 지낼 것입니다."

벌컥 화를 내는 대신, 큰아버지는 무표정하게 나를 빤히 바라보았다. 잠깐 동안 나는 큰아버지가 내 말을 못 들은 것이 아닌가 생각했다. 이윽고 큰아버지가 미소를 지었다. 아니, 좀더 정확하게 말하자면 이빨을 드러냈다.

"네가 더이상 나를 놀라게 하는 일은 없을 줄 알았다. 그런데 내 생각이 틀렸구나."

침착한 큰아버지의 목소리에 용기를 얻은 나는 감히 내 결정에 대해서 설명까지 덧붙였다.

"팽씨 집안의 첩이 되기보다는 이편이, 가문의 이름을 더럽히지 않는 길이라고 생각했어요."

그것이 실수였다. 큰아버지는 침착해 보이는 것 같았으나 사실 억지로 분노를 참고 있었던 것이다. 큰아버지가 책상 위에 놓인 벼루를 꽉 움켜잡았다. 그것은 아주 묵직했고 치명적인 무기가 될 수 있었다. 하지만 곧 쥐고 있던 손을 풀었다. 큰아버지의 이마에서 땀방울이 흘러내렸다.

큰아버지가 쉰 목소리로 간신히 말했다.

"나는 네 아버지를 끔찍히 아꼈다. 그 덕분에 오늘 네가 살아서 이 방을 나가는 줄 알아라."

그 다음 차례는 어머니였다. 내가 예상했던 대로, 어머니는 부들부들 떨었다.

어머니가 소리쳤다.

"서양인들과 사는 것은 서양인들 학교에 다니는 것과는 다르다, 아이린! 그 양놈 음식을 어떻게 먹고 살려고 하느냐? 게다가 양놈들이 입는 이상한 옷까지 입게 될 텐데! 털로 만들어서 끔찍하게 따가운 그 옷을!"

나는 어머니를 안심시키려고 했다.

"걱정하지 마세요, 어머니. 매킨토시 학교에서도 서양 음식을 먹어본 적이 있어요. 별로 나쁘지 않았어요. 그리고 옷은 제가 입던 옷을 그대로 입을 거예요."

남동생과 작별 인사를 하는 것은 더욱 힘들었다

남동생이 물었다.

"왜 누나가 다른 집 아이들을 돌봐주러 떠나야만 하는 거야? 나랑 같이 여기서 살면 안 돼?"

나는 동생의 눈을 가만히 들여다보았다. 둘째언니가 뭔가 심각한 말을 하려고 할 때마다, 나를 바라보던 그대로.

"얘, 여자아이들은 모두 언젠가 집을 떠나야만 하는 거야. 남자아이들만 집에 남을 수 있어. 어떤 여자아이는 절에 들어가기도 하지만, 대개 다른 집으로 간단다. 다만 어쩌다 보니 내가 갈 집이 외국인의 집일 뿐이야."

남동생은 눈물을 닦았다.

"날 보러 올 거지? 둘째누나도 가끔 집에 오잖아."

워너 씨 부부가 나에게 얼마나 자주 외출할 자유를 줄지, 아직은 알 수 없었다. 그러나 한 가지는 분명했다. 시집간 딸이 친정을 방문할 때면, 마치 여왕 같은 대접을 받았다. 그 딸을 위해서라면 아무것도 아끼지 않았다. 하지만 내가 집으로 돌아오면, 큰아버지는 아마도 나를 문간에서 내쫓아버릴 것이다.

나는 약속했다.

"되도록 널 보러 올게."

실제로 이사하는 것은 작별 인사만큼 힘들지 않았다. 워너 부인은 내 방에 가구며 침대가 다 갖추어져 있다고 했다. 그러므로 내가 가져갈 것이라고 해 봐야, 옷가지와 책, 펜, 붓, 벼루, 먹 같은 몇 가지 개인용품뿐이었다. 짐 전부를 인력거 하나에 실을 수 있을 정도였다. 그리고 나는 또 다른 인력거에 탔다. 인력거가 달리기 시작했을 때, 나는 우리 집 대문을 보지 않으려고 고개를 돌렸다.

내가 짐을 가지고 도착했을 때, 워너 씨 부부는 일하러

나가고 없었다. 집사가 문을 열고 나오는 걸 보고 짐을 내 방으로 좀 날라 달라고 부탁하자, 실쭉한 표정을 지었다. 그리고 집사는 대답도 하지 않고 휙 돌아서서는, 한 하녀에게 큰 소리로 명령을 내렸다. 하녀는 황급히 달려와 짐을 들었다.

나는 집사의 무례한 행동을 못 본 척하기로 결심했다. 지금 나에게 가장 중요한 것은 내가 맡은 두 아이들을 어떻게 다루느냐 하는 것이었다.

특히 빌리는 꽤 다루기 어려운 아이라는 것을 알고 있었다. 나는 한동안 빌리와 친해질 수 있는 방법을 열심히 궁리했다. 하지만 결과적으로 짐을 풀기 시작할 때부터 내 출발은 순조로웠다 내 방 책상 위에 서예 도구를 늘어놓고 있었는데, 가냘픈 목소리가 들렸다.

"이게 다 뭐야?"

몸을 돌리자, 문 사이로 머리 두 개가 불쑥 나와 있었다. 그레이스와 빌리는 방으로 뛰어 들어왔다.

그레이스가 말했다.

"엄마는 언니가 짐을 다 풀 때까지 기다리라고 했지만, 우리는 어른들 없을 때 언니랑 먼저 이야기해 보고 싶었어."

이때 빌리가 작은 벼루와 먹을 가리키며 말했다.

"이게 뭐야?"

내가 대답했다.

"이건 잉크를 만드는 거야."

"우리 집에는 벌써 잉크가 있는데. 아빠한테 잉크가 가득 담긴 병이 있어. 우리는 만질 수도 없지만."

내가 설명을 해주었다.

"이것은 중국의 붓글씨를 쓸 때 만드는 잉크야. 붓글씨를 쓰려면 아주 진한 잉크를 만들어야 하거든."

문득 좋은 생각이 났다.

"그레이스, 물 한 잔만 가져다줄래? 내가 먹 가는 법이랑 한자 쓰는 법을 가르쳐 줄게."

그레이스는 쪼르르 달려가더니 금방 물 한 잔을 떠가지고 돌아왔다. 나는 벼루의 움푹 파인 곳에 물을 몇 방울 붓고, 먹을 갈기 시작했다. 그리고는 그레이스와 빌리에게도 번갈아 먹을 갈게 했다. 먼저 먹물을 한 방울도 흘리지 않도록 천천히 조심스럽게 갈겠다고 단단히 약속을 받았다. 진한 먹물이 만들어지자, 나는 붓 뚜껑을 열고 먹물에 붓을 적셨다. 그리고 천천히 '산' 자와 '강' 자를 썼다.

"너희들이 특별히 착하게 굴 때마다, 먹을 갈고 글씨를 쓸 수 있게 해줄게."

아이들은 눈을 크게 뜨고 나를 멍하니 바라보았다. 경험을 통해서, 나는 이 아이들이 어른들로부터 많은 조건부 선물을 받고 자랐음을 알 수 있었다. 하지만 지금까지 중국 글씨를 쓰게 해주겠다는 제안을 받은 적은 한번도 없었을 것이다.

보모 생활은 예상했던 것보다도 훨씬 더 힘들었다. 내 보모는 옷을 입혀주고 나를 데리고 다니고 장난을 치지 못하도록 단속하는 것이 전부였다. 하지만 워너 씨 집에서는 아이들을 가르치는 일까지 맡아야만 했다. 오전은 별도로 쓰기와 읽기를 포함한 공부를 하는 시간이었다.

워너 부인이 말했다.

"프랜시스 길버슨에게서 당신이 아주 뛰어난 학생이었다는 말을 듣고, 당신에게 그레이스와 빌리를 맡기게 되어서 정말 행운이라고 생각했어요!"

나는 차마 지금까지 한번도 누굴 가르쳐 본 적이 없다고 말할 수가 없어서, 주는 책들을 순순히 받아 들었다. 밝은 색깔 그림이 그려져 있고 커다란 활자로 씌어진 이 책들은 내가 매킨토시 학교에서 배웠던 교과서와는 전혀 달랐다.

그래도 어쨌든 아주 쉬운 영어로 씌어 있었다. 내가 그레이스에게 큰 소리로 문장을 읽어주면, 그레이스는 나를 따라 읽었다.

빌리에게는 먼저 알파벳부터 가르쳐 주어야만 했다. 게다가 빌리는 다루기 힘든 학생이었다. 내 남동생과 나이는 같지만, 성격은 아주 달랐다. 남동생은 비위 맞추기도 쉽고 웃기기도 쉬웠다. 하지만 빌리에게는 내가 가진 재주를 다 동원해야만 했다. 빌리가 내 반항적인 성격을 그대로 쏙 빼닮았다는 것을 깨달은 뒤로는, 나라면 어떻게 반응했을지 먼저 상상해 보곤 했다. 그리고 때로는 그런 방법이 효과가 있었다.

빌리를 조용히 시키는 가장 좋은 방법은 옛날이야기를 들려주는 것이었다. 나는 사건이 많은 이야기를 좋아했는데, 빌리가 가장 좋아하는 이야기도 그런 것들이었다. 그래서 나는 《수호전》에 나오는 이야기들을 들려주었다. 그것은 부패한 정부 관료들에 맞서는 108명의 호걸들에 대한 책이었다.

"나는 우송이 호랑이를 죽이는 대목이 제일 좋아!"

피비린내 나는 장면을 더 좋아하는 빌리가 소리쳤다.

내가 가장 좋아하는 이야기는 중국 고전인 《서유기》였

다. 그것은 원숭이 왕이 삼장법사를 모시고 인도까지 순례 여행을 가는 이야기였다. 《서유기》에는 온통 마법과 나쁜 귀신과 싸움이 가득했다. 단 한 가지 문제라면, 빌리가 조용해지기는커녕, 더욱 더 흥분해서 날뛴다는 것이었다.

내가 가장 싫은 것은, 무슨 일을 하고 있다가도 아이들이 나를 필요로 하면, 언제든지 하던 일을 그만 두고 달려가야만 한다는 것이었다. 나는 '그런 시시한 일로 나를 귀찮게 하지 마!' 하고 말할 수 있는 입장이 아니었다. 내 보모도 얼마나 그런 말을 하고 싶었던 때가 많았을까 생각하니, 그저 미안할 따름이었다.

하지만 아이들을 돌보는 일은 그나마 가장 쉬운 일이었다. 나는 새로운 생활 방식에 적응해야만 했다. 위너 씨 집에서는 나를 위해 먹을 것을 가져다 줄 사람도, 뛰어가 심부름을 해줄 사람도 더이상 없었다. 이 집의 하인들은 내가 시키는 일을 하지 않는다는 것은 금방 알 수 있었다. 특히 집사는 처음부터 태도를 명백히 밝혔다.

내가 도착한 날부터, 집사는 나를 못마땅하게 생각하는 것 같았다. 집사는 사십대 중반의 비쩍 마른 남자였는데, 모든 중국인 하인들에게 지시를 내렸다. 나는 한참 뒤에야 집사가 왜 화가 났는지 그 이유를 알 수 있었다. 워너 씨는 중국어를 잘하지 못했고, 워너 부인은 한 마디도 하지 못했다. 그러므로 영어를 약간 할 수 있는 집사가 모든 살림을 도맡아 하면서, 워너 씨 부부와 하인들을 연결해 주는 유일한 창구 노릇을 했던 것이다. 그런데 내가 나타나자, 자기 지위가 흔들릴까 두려웠던 것이다. 나는 종종 집사가 증오에 찬 눈으로 나를 노려보는 것을 알아챘다. 그리고 내가 이따금 풍습을 잘 몰라서 실수를 할 때마다, 집사는 몹시 만족스러운 미소를 지었다. 보모로 처음 일하기 시작했을 때 종종 이런 일이 있었다.

그렇지만 뭐니뭐니 해도 가장 힘든 일은 서양식 생활을 해야 하는 것이었다. 워너 씨 집으로 이사 온 지 석 달이 지나자, 가져온 옷이 다 떨어져 버렸다. 나는 어떻게 해야 좋을지 알 수가 없었다. 집에서는 항상 새로 옷을 만들라고 명령을 내릴 수 있었다. 하지만 워너 씨네 하인들 중에는 바느질하는 사람이 하나도 없었다.

워너 부인이 한 가지 제안을 했다.

"우리는 시내에 있는 재단사에게 옷을 맞춰 입어요. 에일린도 서양식 옷을 만들어 입지 않을래요?"

그레이스가 신나서 소리쳤다.

"그래, 그래, 에일린! 나도 에일린이 우리 옷을 입는 걸 보고 싶어!"

워너 씨 부부가 준 돈으로 나는 워너 부인이 입는 것과 비슷한 정장 두 벌을 맞췄다. 하지만 내 옷이 훨씬 더 수수하고 치마 길이가 좀더 짧았다. 나는 긴 상의 밑에 바지를 입는 것에 익숙해져 있었기 때문에, 치마 밑에 두꺼운 스타킹을 신는 게 우스웠다. 스타킹은 다리를 꼭 조여서 불편했지만, 날씨가 서늘해질수록 꽤 따뜻하다는 것을 알았다.

또 다른 문제는 음식이었다. 내가 워너 씨 가족과 처음 함께 한 식사는 일요일 저녁 만찬이었는데, 날이 훤할 때 시작되었다! 워너 씨 가족은 모두 한자리에 모여 식사를 했고, 나도 길고 네모난 식탁 앞에 함께 앉았다. 음식이 나오기 전에 워너 씨는 감사 기도를 올렸고, '아멘'이란 말로 기도를 끝냈다.

나는 눈치를 보며 '아멘'이라고 따라 했다. 그 소리를 듣자, 워너 씨와 워너 부인 모두 활짝 미소를 지었다.

기도를 한 후에, 나는 비로소 내 앞에 놓인 접시를 자세히 살펴볼 수 있었다. 약간의 야채와 커다란 고기 조각이 놓여 있었다. 잠깐 동안 나는 이 고기를 잘라서 다른 사람들에게 나누어 주어야 하는 것이 아닌가 생각했다. 내가 할 일 중에는 부엌일도 포함되는 게 아닐까? 그런데 왜 식탁 앞에서 음식을 해야 하지?

내가 성큼 포크를 집어 들지 않자, 워너 부인이 물었다.

"에일린은 소고기를 좋아하지 않나요?"

"아니요, 아니에요. 좋아합니다."

나는 비록 돼지고기를 더 좋아하긴 했지만, 얼른 이렇게 대답하고 나이프와 포크를 집어 들었다. 매킨토시 학교에서 나이프와 포크 쓰는 법을 배웠던 것이다. 살며시 주위를 돌아본 나는 모든 사람들의 접시마다 고기 조각이 놓여 있다는 걸 알았다. 물론 아이들의 접시에는 좀더 작은 조각이 놓여 있었다. 워너 부인은 칼을 들어서 빌리의 접시에 놓인 고기를 잘라 주었다. 그때서야 비로소 한 사람이 이 커다란 고기 조각을 다 먹어야 한다는 사실을 깨달았다! 내 접시 위에 놓인 음식을 다 끝내기 위해서 나는 혼신의 힘을 다해야만 했다. 다행히 일요일 저녁 식사에만 커다란 고기 조각이 나왔고, 다른 식사 때에는 대부분 중국 음식이 나왔다. 워너 가족이 중국 음식을 좋아한다는 사실을 알고, 나는 무척이나 기뻤다.

대개 나는 아이들과 함께 위층에서 식사를 했다. 그레이스가 처음 나에게 자기랑 빌리와 함께 식사를 하자고 했을 때, 나는 격식 없이 식사를 할 수 있어서 더 좋을 거라고 생각했다. 그때 집사와 하녀 한 사람이 주고받는 대화가 귀에 들어왔다.

그레이스와 빌리와 함께 작은 탁자에 앉아 있을 때, 복도에서 집사가 하녀에게 이야기하는 소리가 방 안까지 흘러 들어왔다.

"왜 그 여자가 아이들이랑 밥을 먹어서는 안 된다는 거예요?"

집사가 말했다.

"그 여자는 그저 고용인일 뿐이야. 게다가 자네가 그 여자를 타오 아가씨라고 부르는 소리도 들었어. 그럴 필요가 전혀 없는 데 말이야."

하녀가 맞섰다.

"하지만 그 분은 귀한 집 아가씨예요. 아가씨를 우리랑 똑같이 대접하는 건 옳지 못한 것 같아요."

집사와 하녀는 목소리를 낮출 생각조차 하지 않았다. 위너 가족이 전혀 중국어를 알아듣지 못한다는 사실을 알고 있었으므로, 마음 놓고 떠드는 데 익숙해진 것이다.

당황한 내 표정을 눈치 채고 그레이스가 물었다.

"에일린, 왜 그래? 우리랑 여기 있는 게 싫어?"

나는 재빨리 대답했다.

"당연히 좋지."

하지만 내 얼굴은 화화 달아올랐다. 나는 여러 가지 감정이 교차했다. 전족을 거부한 이후로 오랫동안, 어느 누구도 나를 귀한 집 아가씨로 대접해준 적이 없었다. 그럼에도 하인으로 대접받는 것은 가슴 아픈 일이었다. 내 보모도 처음 일을 하러 왔을 때, 나와 똑같은 심정이었을까?

하인들만 애써 목소리를 낮추려고 하지 않은 것은 아니었다. 워너 씨와 워너 부인도 영어를 알아듣지 못하는 사람들 틈에서 사는 것에 익숙해져 있었다.

어느 날 저녁 아이들이 잠자리에 들었을 때, 워너 부인이 말했다.

"에일린이 그레이스와 빌리에게 붓글씨 쓰는 법을 가르치는 걸 보았어요."

두 사람은 아래층 거실에 앉아 있었지만, 위층까지 목소리가 울렸기 때문에 한 마디 한 마디 똑똑히 들을 수 있었다. 내 방문이 열려 있었던 것이다.

워너 씨가 물었다.

"그게 무슨 잘못이란 말이오?"

워너 부인이 말했다.

"여보, 나는 우리 아이들이 이교도의 말을 배우는 게 싫어요. 그 시간에 빌리에게 영어를 읽고 쓰는 법을 더 가르칠 수도 있잖아요."

나는 조용히 일어나서 방문을 닫았다. 더이상 듣고 싶지 않았다. 아이들에게 붓글씨를 가르치는 것이 뭐가 나쁘단 말인가? 아이들도 무척 좋아했다. 특히 빌리는 붓을 만져볼 기회를 얻기 위해서 훨씬 더 말을 잘 듣게 되었다.

매킨토시 학교의 역사 시간에도 스콧 선생님은 이상한 종교를 믿는 '미개한' 여러 종족에 대해서 '이교도'라는 말을 썼다. 하지만 그게 한자를 쓰는 것과 무슨 상관이란 말인가?

몇 주일 뒤에 나는 또 다시 '이교도'란 말을 듣게 되었다. 서양인들이 '주일'이라고 부르는 날이 되면, 워너 씨 가족이 전부 '예배'를 드리러 간다는 것을 나는 이미 알고 있었다. 그들이 무엇을 섬기는지는 몰랐지만, 모두 잘 차려입고 나가곤 했다. 집에 돌아온 후에는 나를 포함하여 온 가족이 일요일 저녁 만찬을 먹었다.

어느 날 저녁에 워너 씨가 나에게 식사 후에 조용히 이야기 좀 하자고 했다. 나는 서재로 쓰는 방으로 워너 씨와 함께 들어갔다. 책장에는 냄새나는 가죽 장정 책들이 가득

꽂혀 있었다. 동물 가죽으로 묶은 책을 생각하면 처음에는 구역질이 났다. 하지만 나 역시 서서히 돼지가죽으로 만든 내 새 구두에 익숙해져 가고 있다는 것을 인정하지 않을 수 없었다.

나는 마음이 불안했다. 내가 생각했던 것보다 두 살이나 어리다는 걸 알고 나를 내보내려고 하는 것일까? 아니면 그레이스와 빌리에게 붓글씨를 가르쳐서 그런 것일까?

워너 씨는 맞은편 의자에 앉으라고 말했다. 그리고 팔짱을 낀 채, 나를 심각하게 바라보았다.

"에일린, 당신은 아이들과 아주 잘 지내고 있어요. 아이들의 행동도 나아졌고 공부도 열심히 하는 것 같더군요."

나는 워너 씨의 말투에서 뭔가 나를 야단치려는 낌새를 읽을 수 있었다. 며칠 전에 내가 하늘을 나는 원숭이 왕 이야기를 해주자, 빌리가 침대에서 마루로 뛰어내린 적이 있었다. 그때 워너 씨 부부는 집을 비우고 없었지만, 집사가 그 일을 일러바쳤을지도 모른다.

워너 씨가 말을 이었다.

"에일린이 그레이스와 빌리에게 중국 옛날이야기를 들려주는 것은 고맙게 생각해요. 하지만 집사람과 나는 서양 역사나 문학 이야기에 좀더 시간을 썼으면 해요. 우리 아이들의 출신 배경과 좀더 관계가 있는 내용을 말이죠."

"그레이스와 빌리가 색다른 이야기를 들으면 좋아할 거라고 생각했습니다. 저도 다른 나라 이야기를 듣는 걸 아주 좋아하거든요."

워너 씨가 이마를 찌푸렸다.

"에일린, 내 말부터 들어봐요. 옛날이야기는 괜찮소. 사실 우리가 걱정하는 건, 에일린이 유교에 대해서도 가르친다는 거요."

아이들이 나에게 학교에서 뭘 배웠느냐고 물었을 때, 공자에 대한 이야기를 해준 적이 있었다. 그때 나는 가정교사 선생님에게 배운 중국 고전들에 대해서 설명해 주었다.

나는 그레이스와 빌리에게 말했다.

"공자님은 왕이 덕으로 뽑혀야지, 출신이나 지위에 의해 뽑혀서는 안 된다고 믿었어."

도대체 워너 씨가 무엇을 나쁘다고 하는지 나로서는 알수가 없었다.

내가 물었다.

"아이들이 공자님 말씀을 들으면 왜 안 되는 거죠?"

워너 씨가 단호한 눈빛으로 말했다.

"유교는 이단이오! 나는 아이들이 그걸 배우기를 원하

지 않소. 그레이스와 빌리가……."

"유교는 종교가 아닙니다. 우리 선생님 말씀이 그것은 사상이라고 하셨어요."

워너 씨가 쏘아붙였다.

"내 말에 끼어들지 마시오. 유교에는 우상 숭배 사상이 있고……."

워너 씨가 한동안 뭐라고 지껄였다. 잠시 후, 나는 더이상 워너 씨의 말을 듣는 것을 포기했다. 넌더리가 났다. 워너 씨의 말투는 왠지 누군가와 비슷했다. 비록 중국어를 쓰는 사람의 말투이긴 했지만 말이다. 바로 큰아버지였다. 두 사람 모두 시건방진 여자아이가 자기 말을 가로막는 것을 용납하지 못했다.

워너 씨의 말이 끝나자, 나는 순순히 고개를 끄덕이고 위층 내 방으로 올라갔다. 그리고 사전을 찾아서 '우상 숭배'라는 말뜻을 알아보았다. 사전에 적힌 뜻을 읽는 순간, 머리 속이 분노로 휑해지는 것 같았다. 나는 공자님의 가르침을 배우며 자랐다. 그 분은 나라가 힘이 아니라 관용에 의해 다스려져야 한다고 믿는 분이었다. 그런데 우상 숭배라니?

할아버지는 종종 자신이 유학자라고 말씀하셨다. 그리

고 내가 아는 한, 가장 학자다운 분이기도 했다. 그러나 워너 씨의 견해에 따르자면, 우리 할아버지는 야만적이고 미개한 무엇을 맹목적으로 섬기는 어리석은 자였다.

생전 처음으로 나는 내가 일으킨 반란의 대가가 무엇인지 톡톡히 깨달았다. 나는 내 민족으로부터 추방된 것이다. 그리고 지금껏 내가 배워온 가치들이 무시당하고 경멸받는 세계로 들어온 것이다.

이방인

워너 씨 가족과 함께 지내는 2년 동안, 나는 온전히 에일린으로만 살았다. 아이린이라고 알려진 소녀가 나타나는 일은 극히 드물었다. 길버슨 선생님만이 내 과거와 연결된 유일한 고리였다. 선생님은 이따금 워너 씨 집을 방문했고, 한번은 학생들을 위한 파티에 나를 초대해 주기까지 했다. 그 파티에는 쉬에옌도 참석했다. 예전에 함께 공부했던 친구들을 다시 만나는 것은 기쁘고도 서글픈 일이었다. 솔직히 기쁨보다는 서글픔이 더 컸다. 쉬에옌과 나는 손을 꼭 잡고서 서로 할 말을 찾지 못했다. 그리고 그 뒤로는 두 번 다시 길버슨 선생님의 파티에 가지 않았다.

우리 가족은 아무도 만나지 않았다. 워너 씨 가족과 살면서 첫 번째 새해를 맞았을 때, 집을 한번 찾아가 볼까 하는 생각도 잠깐 했다. 설날은 아이들에게 언제나 신나는 명절이었다. 친척 어른들에게 세배를 할 때마다 세뱃돈을 받았고, 배가 터지도록 맛있는 명절 음식을 먹을 수 있었던 것이다.

하지만 내가 가장 사랑했던 두 어른이 돌아가신 지금, 큰아버지한테 문전박대를 당하는 고통을 겪고 싶지는 않았다. 나는 되도록 타오 집안 사람들이 사는 동네를 멀리했다.

반 년쯤 지나자, 워너 씨 부부는 우상을 섬기는 이교도와 한지붕 아래 사는 것에 대한 두려움을 마침내 극복한 듯했다. 일요일 저녁 식사 때, 감사 기도가 끝나면 나는 항상 '아멘' 하고 소리 내어 말하는 것을 잊지 않았는데, 그것이 두 사람을 안심시키는 데 큰 도움이 된 것 같았다.

그리고 더 이상 그레이스와 빌리에게도 공자에 대해서 말하지 않았다. 그 대신 훨씬 더 흥미진진한 중국 옛날이야기를 들려주었다. 그것도 아이들의 부모가 듣지 못할 것이 확실할 때만 했다.

그들 가족과 함께 지낸 지 일 년쯤 되자, 워너 씨 부부는 내가 아이들을 다루는 방식을 마음에 들어한다는 것을 분명히 보여주었다. 길버슨 선생님이 워너 씨 가족을 방문할 때마다, 두 사람은 나를 소개해 주어서 정말 고맙다는 인사를 잊지 않았다.

워너 부인은 몇 번이나 나에게 이렇게 말했다.

"에일린, 뭘 어떻게 했는지는 몰라도 요즘은 빌리가 아주 좋아졌어요."

사실 난징으로 이사 온 뒤로 빌리는 말썽을 많이 부렸다. 사귀던 친구를 전부 상하이에 두고 왔기 때문에, 외로움과 지루함을 이기지 못하고 못되게 굴었던 것이다. 예를 들어 하녀 하나가 나에게 들려준 바에 따르면, 빌리가 바퀴벌레를 잡아다가 일부러 밥그릇에 넣곤 했지만 워너 씨 부부에게 그 일을 이르지도 못했다고 한다. 그 말을 들었을 때, 나는 터져 나오는 웃음을 간신히 참아야만 했다. 나역시 보모의 국수 그릇에 지렁이를 집어넣은 기억이 있었기 때문이었다.

나는 아이들이 계속해서 흥미를 잃지 않고 하루종일 바쁘게 움직이도록 최선을 다했다. 그 결과 빌리는 못된 장난을 치고 놀 시간이 별로 없었다. 하인들은 덕분에 자기들이 좀 편해졌다고 나에게 고마워했다. 아직도 나에게 통명스럽게 구는 사람은 오직 집사뿐이었다.

별다른 사건 없이 2년이 흘렀다. 나는 워너 씨 부부의 완전한 신임을 얻고 있었다. 그리고 어느 날 그 사실을 입증했다.

워너 부인이 말했다.

"에일린, 우리가 이틀 동안 집을 비워야 할 것 같아요."

비록 약간 걱정하는 눈빛이기는 했지만, 부인의 목소리는 아주 쾌활했다.

"피정은 우리에게 아주 중요한 일이에요."

워너 씨가 말했다.

"우리 부부는 에일린의 능력을 믿고 있소."

워너 씨는 괜히 아부를 하는 사람은 아니었다. 나는 그말이 진심이라는 것을 알고 있었다.

워너 씨 부부는 '피정'이라고 하는 것을 하기 위해 한동안 수주에 가 있을 예정이었다. 나는 그들이 무엇을 피해서 가는 것인지는 알 수 없었지만, 그들의 종교와 관련된 일일 것이라고 짐작했다. 워너 씨 말에 따르면, 선교사들은 정규적으로 피정을 갔다가 새롭게 충전된 영혼으로 다시 돌아온다는 것이었다.

하지만 워너 씨는 나를 완전히 믿지는 못하는 듯 한 마디 말을 덧붙였다.

"혹시 무슨 일이 있으면, 집사가 알아서 처리해 줄 거요. 오랫동안 이 집 살림을 맡아온 사람이니까 말이오."

워너 씨 부부가 집을 떠난 뒤에, 나는 두 아이들이 어디까지 마음대로 할 수 있는지 내 권위를 시험해 오기를 가만히 기다렸다. 적어도 이런 상황에서 아이들은 내가 어떻게 할지 알아보려고 할 것이다.

그레이스가 말했다.

"엄마 아빠가 휴가를 떠나셨으니까, 우리도 쉬면 안 될까? 며칠만 공부를 쉬어도 될 텐데."

나는 이렇게 나올 줄 정확히 예상하고 있었기 때문에, 이미 대답을 준비해 놓고 있었다.

"너희 부모님들은 휴가를 가신 게 아니야. 피정을 가신 거라고. 그건 전혀 다른 거란다."

나는 아이들도 나만큼이나 피정이 무엇인지 모를 것이라고 짐작했다. 그레이스는 내 말이 맞는다는 듯이 그저 약간 반항의 표시를 보였을 뿐이었다. 하지만 빌리는 좀더 거세게 불만을 표시할 것이라고 생각했다. 항상 두 아이 중에서 빌리가 더 고집이 세고 개성이 강했기 때문이었다.

하지만 놀랍게도 빌리는 아무 반대도 하지 않았다.

첫날은 평화롭게 지나갔다. 빌리의 방해를 받지 않고, 영국 역사에 대한 책을 그레이스에게 읽어 줄 수 있었다. 빌리는 자기가 공부를 할 차례가 되었을 때에도 순순히 배워야 할 단어를 외웠다. 빌리는 아주 영리한 아이였기 때문에, 단어를 술술 외우는 것은 전혀 놀랍지 않았다. 하지만 아무 감정도 없이 단조로운 목소리로 단어를 읽는 것이 나를 놀라게 했다.

다음 날도 전날과 다름없이 조용하게 시작되었다. 빌리는 평소와 달리 수업을 방해하지 않았다. 점심때가 되자, 가장 좋아하는 음식인 미트볼을 거의 손도 대지 않았다.

빌리가 무척 피곤해 보였기 때문에, 나는 빌리에게 낮잠을 잠깐 자는 게 어떻겠느냐고 물었다. 그러자 놀랍게도 빌리는 선뜻 고개를 끄덕였다. 그레이스조차 고분고분 위층 자기 방으로 올라가는 동생의 뒷모습을 보며 입을 다물지 못했다.

오후 늦게 나는 살짝 빌리의 방으로 들어가 보았다. 빌리는 아직도 자고 있었다. 하지만 곤하게 자는 것이 아니라, 몸을 이리저리 뒤척거리며 나지막이 신음 소리를 내고 있었다. 나는 빌리의 이마에 손을 올려놓았다가 깜짝 놀라고 말았다. 빌리의 몸이 불덩이처럼 펄펄 끓고 있었던 것이다.

그레이스가 어느새 문가에 서서 속삭였다.

"아픈 거야? 응?"

나는 대답했다.

"그래. 당장 어떻게 손을 써야겠다!"

하지만 어떻게 한다? 나는 돌아가신 할머니와 아버지 생각이 났다. 그러자 견딜 수 없는 두려움이 나를 사로잡았다. 소중한 사람들을 벌써 둘이나 잃었다. 그런데 빌리까지 보낼 수는 없어!

하얗게 겁에 질린 그레이스의 얼굴을 보면서 나는 간신히 마음을 진정시켰다. 그리고 쏜살같이 아래층으로 내려가서 집사를 불렀다.

"빌리 도련님이 많이 아파요!"

나는 잠시 말을 멈추고 떨리는 목소리를 가다듬었다. 겁에 질린 모습을 보여서는 안 된다는 것을 알고 있었기 때문이었다.

"의사가 필요한데, 혹시 아는 의사가 있나요?"

집사가 얼굴을 찌푸렸다.

"워너 씨 부부는 항상 주치의를 부르는데, 미국인이라

서 난 이름을 몰라."

집사는 그 이름을 들은 적이 있다고 하더라도 기억조차 하지 못할 것이다. 서양 이름은 발음하기도 어렵고 외우는 건 더욱 더 어려우니까.

나는 우리 집에서 어떻게 했는지 애써 기억을 떠올렸다. 타오 집안 주치의는 이름난 한의학 전문가였다. 하지만 모두들 그저 의사 선생님이라고 불렀기 때문에 한번도 그의 이름을 들어본 적이 없었다.

울먹울먹하며 울음을 참고 있는 그레이스를 달래면서, 나는 열심히 머리를 쥐어짰다. 집으로 찾아가서 어머니에게 의사의 이름을 물어보면 될 것이다. 나에게는 워너 씨가 준 돈이 있었다. 그걸로 인력거를 부를 수 있었다.

내가 집사에게 말했다.

"내가 나가서 의사를 찾아보겠어요. 인력거 한 대만 불러주세요."

집사는 한동안 나를 빤히 바라보더니 말했다.

"그러지요, 타오 아가씨. 당장 불러오겠습니다."

내가 탄 인력거가 거리를 한참 달려갈 때까지도 나는 집사가 나를 타오 아가씨라고 불렀다는 사실을 깨닫지 못하고 있었다. 어쨌든 이 작은 승리를 기뻐하며 즐길 시간도 없었다.

난징은 그다지 큰 도시가 아니었기 때문에 워너 씨 집에서 우리 집까지는 십오 분도 채 걸리지 않았다. 하지만 나에게는 몇 시간처럼 느껴졌다.

인력거가 낯익은 골목으로 접어들고 대문을 향해 다가가자, 내 심장이 빠르게 두근거리기 시작했다. 인력거꾼이 대문을 두드렸다. 나는 다리가 후들거리는 것을 느끼며 인력거에서 내렸다.

머리가 희끗희끗한 문지기가 대문을 열자, 나는 크게 심호흡을 했다.

"왕 서방, 날 기억하는가?"

문지기가 눈을 휘둥그레 뜨고 나를 보았다.

"셋째아가씨?"

문지기가 목이 메어 말을 제대로 하지 못했다.

"의사가 필요해, 왕 서방. 어머니는 집에 계신가?"

문지기가 고개를 저었다.

"마님께서는 둘째아가씨 댁에 가셨습니다. 지금은 첸 부인이 되셨지만 말입니다. 주인님은 댁에 계십니다. 아가씨가 오셨다고 말씀드릴까요?"

큰아버지에게 도움을 청하고 싶은 마음은 전혀 없었다.

나는 차라리 어머니가 가 계신 둘째언니의 시집을 찾아가기로 했다. 어머니나 둘째언니 중 누구라도 나를 도와줄 수 있을 것이다.

둘째언니의 시집인 첸 집안에는 지금까지 한번도 가본 적이 없었다. 겨우 십 분 정도 떨어진 거리였지만, 또 다시 그 길이 한없이 길게만 여겨졌다.

인력거꾼이 낯선 대문 앞에 서더니 문을 두드렸다. 문지기가 문을 열고 나를 보자 눈알을 부라렸다. 나는 사나운 문지기의 눈빛에 충격을 받았다.

"이 댁은 서양것들과 절대 상종하지 않소!"

문지기는 꽥 소리를 지르고 대문을 쾅 닫아버렸다. 나는 온몸이 굳어서 꼼짝도 할 수 없었다. 마침내 인력거꾼이 헛기침을 했다.

"어디 다른 데로 모실까요, 아가씨?"

나는 천천히 다시 인력거에 올라탔다. 어떻게 문지기가 나를 외국인으로 잘못 볼 수가 있을까? 순간 내가 서양 옷을 입고 있다는 사실을 깨달았다. 하지만 생긴 모습을 보면 내가 중국인이라는 것을 분명히 알았을 텐데! 어쩌면 지금까지 외국인을 한번도 보지 못해서 내 옷만 보고 판단했을지도 모른다.

갑자기 나는 얼굴을 묻고 엉엉 울고 싶었다. 워너 씨 집에서 나는 중국인이고 이방인이었다. 그런데 둘째언니네 집에서도 외국인으로 내쫓겨야만 하다니.

나는 길 양쪽에 있는 흙색 담장을 바라보았다. 어린 시절에 늘 보던 풍경이었다. 나도 한때는 저런 담 너머에서 하고 싶은 걸 다 하며 살았다. 하지만 이제 나는 담 밖에 있는 것이다. 인력거꾼이 다시 헛기침을 하며 물었다.

"다시 집으로 모셔다 드릴까요, 아가씨?"

자기 연민에 빠져 있을 때가 아니었다. 빌리는 내 도움이 필요했다. 좋다. 첸씨 집안의 문지기가 나를 외국인으로 생각한다면, 나는 외국인에게 찾아가서 도움을 청하리라. 나는 인력거꾼에게 길버슨 선생님 댁의 주소를 알려주었다.

다행히 내 옛날 선생님은 수업을 끝내고 집에 돌아와 있었다. 내 얼굴을 보자마자, 선생님은 나를 껴안았다.

선생님이 물었다.

"무슨 일인가요?"

더이상 어른처럼 굴 필요가 없게 되자, 나는 그만 엉엉 울음을 터트리고 말았다.

"뵐 때마다 울기만 하니, 선생님도 지겨우시겠어요."

길버슨 선생님이 말했다.

"항상 울기만 했던 건 아니잖아요. 가끔 영어를 읽어주기도 했죠. 아주 아름다운 목소리로."

선생님이 손수건을 찾아서 뒤적거리는 것을 보고 나는 고개를 저었다. 그리고 호주머니에서 옛날에 선생님이 내게 주었던 손수건을 꺼냈다.

"보세요. 아직도 이 손수건을 가지고 있어요."

눈물을 닦은 후에, 나는 빌리가 열이 심하다고 말했다.

"워너 씨 부부는 미국인 의사에게 다녔는데 혹시 누군지 아시나요?"

길버슨 선생님과 난징에 있는 다른 많은 외국인들은 모두 똑같은 의사에게 다니는 모양이었다.

선생님이 말했다.

"당장 데려다줄게요."

빌리는 홍역을 앓고 있다는 진단이 나왔다. 내가 의사를 데리고 집으로 돌아갔을 때에는 이미 얼굴에 열꽃이 피어나고 있었다. 워너 씨 집에서 일하는 하인들은 붉은 반점을 보고 기절할 듯이 놀랐다. 천연두라고 생각한 것이다. 의사가 진단을 내리고 나자, 나는 천연두가 아니라고 하인들을 안심시켰다. 나 또한 이미 홍역을 앓은 적이 있었고,

다른 하인들도 마찬가지였다.

의사가 떠난 후에 나는 방으로 돌아가서 의자에 털썩 주저앉았다. 그때 누군가 똑똑 방문을 두드렸다.

문을 열어 보니, 집사가 뜨거운 차를 들고 문 밖에 서 있었다.

"피곤하시고 목도 마르실 것 같아서 가져왔습니다, 타오 아가씨."

집사는 무뚝뚝하게 말하면서 찻잔을 내밀었다. 그리고 내가 미처 뭐라고 말도 하기 전에 휙 돌아서서 황급히 계단을 내려갔다.

길버슨 선생님이 워너 씨 부부에게 전화를 걸어 빌리의 소식을 전하자, 두 사람은 수주에서 서둘러 돌아왔다. 하지만 현관문을 박차고 들어섰을 때, 이미 집안은 평온을 되찾아 모든 것이 순조롭게 돌아가고 있는 중이었다.

워너 부인은 좀처럼 감정을 표현하지 않는 사람이었지만, 이번에는 나를 와락 끌어안았다.

"에일린, 당신의 적극적인 태도에 감명받았어요. 당신에게 아이들을 맡기게 된 것은 정말 커다란 행운이에요."

집사와의 관계도 눈에 띄게 좋아졌다. 집사는 이 집안에서 내가 유일하게 상대할 수 있는 어른이었다. 워너 씨와 워너 부인은 바빠서 거의 온종일 집을 비웠다. 나와 마찬가지로 집사 또한 종종 문화 충격을 겪고 있었기에, 나는 집사에게서 유용한 조언을 많이 들을 수 있었다.

이제 나는 즐겁고 자랑스러워야 마땅했다. 하지만 빌리가 아팠던 그날 이후로, 첸 씨 집안의 문지기가 내 앞에서 문을 쾅 닫으며 증오스러운 표정을 지었던 것을 잊을 수가 없었다. 나는 내 고향인 난징에서 추방자처럼 느껴졌다.

할머니와 아버지가 돌아가신 뒤로 나는 집에서 유일하게 나를 지지해 줄 사람들을 잃었다. 그런데 이제 사정은 더욱 나빠졌다. 나는 외국인들 속에서 피난처를 찾아야만 했던 것이다.

만약 기적처럼 큰아버지가 나를 다시 집으로 받아들인다면, 나는 다시 중국 사회에서 지위를 회복할 수 있을까? 그래서 다시 타오 집안의 딸이 될 수 있을까? 그럴 것 같지 않았다.

어릴 때, 언젠가 보모의 손을 피해서 달아나다가 뒷마당으로 뛰어 들어간 적이 있었다. 그때 요리사가 나에게 죽순을 보여주었다. 겨우 작은 싹이 솟아나고 있었다.

"이 싹을 먹으면 아주 맛있답니다."

요리사는 이렇게 말하며 모래를 한 움큼 집어서 새순 두

개를 덮었다.

"이러면 훨씬 더 연해지지요."

나는 운동장에 덮인 푸른 잔디처럼 고개를 쏙 내민 또 다른 죽순을 발견했다.

"저기 있는 저 싹들은 뭐야?"

요리사가 대답했다.

"저건 너무 억세져서 먹을 수가 없답니다. 바깥바람과 햇볕을 너무 많이 쐬었거든요."

내가 물었다.

"내가 모래로 덮어주면 어떨까? 그럼 다시 연해지지 않을까?"

그러자 요리사가 껄껄 웃었다.

"아닙니다요. 이미 너무 늦었지요. 일단 한번 억세져 버리면, 어떻게 해도 다시 연하게 할 수는 없습니다요."

나는 나 자신이 바깥바람과 햇볕을 너무 많이 쐰 죽순과 같음을 깨달았다. 나는 두 번 다시 언니들이나, 전족을 한 채 안채에서 시간을 보내는 다른 얌전한 중국 여자들처럼 될 수 없을 것이다. 이제 나는 너무 억세진 것이다.

워너 씨가 나를 다시 서재로 불렀을 때, 나는 이미 무슨 말이 나올지 짐작하고 있었다. 워너 부인과 아이들이 간간이 흘리는 말을 통해서, 이들 가족이 곧 미국으로 돌아간다는 사실을 알고 있었던 것이다. 선교사들은 몇 년마다 안식년이라는 것을 받았다. 그것은 일종의 휴가로, 일 년 동안 고향에서 지내는 것이었다. 워너 씨 가족은 난징을 떠나서 샌프란시스코로 돌아갈 것이다.

나는 아이들이 무척이나 그리울 것 같았다. 그 아이들을 가족처럼 사랑했기 때문이었다. 나는 빌리를 내 남동생보다도 더 잘 알았다. 내 남동생은 보모 손에 컸지만, 빌리는 내 손으로 돌봤던 것이다.

이제 나는 다른 일자리를 찾아봐야만 했다. 어쩌면 워너 씨 부부가 나를 다른 미국인 가정에 소개해 줄지도 모른다. 그들과 함께 3년을 지내는 동안, 내 영어 실력은 말할 수 없이 향상되었다. 가끔 손님들은 내가 말하는 소리만 듣고 나를 미국인으로 생각할 정도였다. 나는 키만 큰 것이 아니라, 자신감도 생겼다. 또 다른 가정에서 아무리 까다로운 아이들을 맡게 된다 하더라도, 잘할 자신이 있었다.

하지만 워너 씨가 하려던 말은 그것이 아니었다. 워너 씨는 두 손을 깍지 낀 채, 약간 초조한 눈빛으로 나를 바라보았다.

"에일린, 아내와 나는 이 문제를 여러 번 의논했소. 그리고 당신에게 한 가지 제안을 하려고 하오. 혹시 우리와 함께 미국에 가지 않겠소?"

나는 너무 놀라서 할 말을 잃은 채, 멍하니 워너 씨를 바라보기만 했다. 그리고 결국 내 입에서 나온 대답은 고작 이것이었다.

"빌리가 다시 말썽을 부리기 시작했나요?"

워너 씨가 큰 소리로 웃었다. 나는 엉뚱한 대답을 한 것이 부끄러워서 얼굴을 붉혔다. 잠시 후에 워너 씨가 심각한 표정이 되었다.

"사실은 당신 말도 맞아요. 우리가 아이들에게 미국으로 돌아갈 것이라고 말했더니, 제일 먼저 당신도 함께 갈 거냐고 물었소."

나는 가슴이 뭉클해서 또 다시 할 말을 잃었다. 워너 씨는 나에게 대답할 틈을 주지 않고 말을 이었다.

"우리가 샌프란시스코로 돌아가면, 그레이스는 3학년이 되고 빌리는 2학년이 되오. 그러니까 에일린 말대로 빌리가 문제요."

나는 곧바로 빌리를 옹호했다.

"학교에 다니는 다른 아이들 못지않게 빌리도 잘 해낼 거예요. 빌리는 아주 머리가 좋답니다."

워너 씨가 말했다.

"우리가 걱정하는 건 그게 아니오. 빌리는 글씨도 배웠고 어휘력도 좋아요. 그런 점에서는 또래 아이들보다 앞서 있소. 문제는 사회적으로 미성숙하다는 점이오. 에일린도 겪어 봐서 그 아이가 고집이 세다는 걸 알고 있을 거요. 그래서 우리는 다시 난징으로 돌아올 때까지 계속 집에서 그 아이를 가르칠까 생각하고 있소."

나는 워너 씨가 무슨 말을 하려고 하는지 비로소 짐작이 갔다.

"제가 함께 가서 빌리를 계속 돌보길 원하시는 거가요?"

워너 씨가 고개를 끄덕였다.

"두 아이 모두 중국에서 몇 년을 보낸 뒤에 다시 적응하려면 할 일이 많을 거요. 이곳 생활은 너무나 한정되어 있어서, 우리 아이들이 다른 아이들과 어울려 지내는 법을 배우지 못했소. 에일린이 우리와 함께 가준다면, 아이들이 적응하기가 훨씬 쉬울 것 같소."

머리 속이 혼란스러웠다. 나는 선뜻 대답할 수가 없었다.

워너 씨가 먼저 입을 열었다.

"태어난 나라를 떠나서 바다 건너 미국까지 가자고 하는 것이, 당신에게 커다란 희생을 요구하는 것임을 우리도 잘 알고 있소."

잠시 후에 워너 씨가 아주 난처한 듯이 어렵게 말을 꺼냈다.

"길버슨 양에게서 당신 이야기를 좀 들었소. 우리도 당신이 가족들과 통 왕래가 없다는 걸 알고 있었지만 말이오. 그래서 우리는 어쩌면 당신이 우리와 함께 갈지도 모른다는 생각을 했던 거요."

마침내 내가 말했다.

"한번 생각해 보겠어요. 내일 대답을 드려도 될까요?"

하지만 계단을 올라가는 순간, 나는 이미 내 대답을 알고 있었다.

나는 인력거를 타고 마지막으로 타오 집안으로 향했다.

문지기인 왕 서방은 어머니가 집에 돌아오셨다고 말했다. 하지만 어머니를 만나기 전에 나는 먼저 큰아버지를 찾아갔다. 불편한 만남부터 끝내고 싶었던 것이다.

큰아버지는 훨씬 더 늙은 것 같았다. 한때 불룩했던 뺨이 축 늘어지고 목살이 겹쳐졌다. 더이상 아무 힘도 쓰지 못하는 큰아버지를 보자, 측은한 생각까지 들었다. 큰아버지는 여전히 긴 비단 저고리를 우아하게 차려입고, 한 손에는 늘 쓰는 정교한 도자기 찻잔을 들고 있었다. 하지만 예전과 같은 불 같은 성미는 찾아볼 수 없었다.

큰아버지는 늘 그렇듯이 퉁명스럽게 면박을 주었다.

"하녀한테 네가 왔단 말을 전해 듣지 못했다면, 웬 서양 귀신이 온 줄 알았겠구나."

나는 지지 않고 말대꾸를 했다.

"전 더 큰 코는 싫어요."

"시건방진 건 여전하구나!"

큰아버지는 한 마디 툭 던지고 차를 한 모금 마셨다

"네가 마침내 우릴 찾아올 생각을 다 하고, 여긴 어인 행차시냐?"

나 또한 거두절미하고 용건만 말했다.

"저는 중국을 떠나서 미국으로 갑니다."

큰아버지가 천천히 조심스럽게 찻잔을 내려놓았다. 큰아버지의 얼굴에는 내가 한번도 보지 못한 표정이 떠올라 있었다. 죄책감과 후회 그리고 심지어 찬탄의 빛까지 뒤섞인 표정이었다.

"내가 네 일에 아무 힘도 쓸 수 없게 된 지 이미 여러 해가 되었는데, 일부러 찾아와서 나에게 그 말을 전하다니 놀랍구나."

내가 대답했다.

"큰아버지께서는 우리 집안의 가장이시니, 알려 드려야 한다고 생각했습니다."

큰아버지의 입술이 비틀렸다.

"집안의 가장이라고? 그럼 너도 이제 그 사실을 인정하는 게냐?"

나는 가만히 큰아버지를 바라보았다.

"저는 큰아버지가 정말로 저를 팽 집안에 첩으로 보내거나 절로 보내실 거라고는 생각하지 않았습니다. 그렇게 하기에는 타오 집안의 이름을 너무나 소중하게 여기시는 분이니까요."

큰아버지가 말했다.

"나도 널 과소평가한 것 같구나. 그런데 오늘은 정말로 왜 온 거냐?"

내가 대답했다.

"식구들에게 작별 인사를 하러 왔습니다. 두 번 다시 못 만나게 될 것 같아서요."

큰아버지가 말했다.

"네 동생은 집에 없다. 공립학교에 다니고 있어."

이 소식을 듣자, 나는 기쁨과 서운함이 교차했다. 그토록 공립학교를 격렬하게 반대했던 큰아버지가 아버지의 소망을 존중해 준 것은 말할 수 없이 기뻤지만, 다른 한편으로 하찮은 계집애인 나를 위해서는 학비를 대줄 형편이 안 되면서, 남동생을 위해서는 학비를 대준다는 사실이 서운했던 것이다.

갑자기 내가 할 일을 깨달았다. 내 호주머니 속에는 워너 씨 집에서 받은 봉급이 들어 있었다. 3년 동안 나는 그 돈을 거의 쓰지 않았던 것이다. 나는 묵직한 돈 주머니를 꺼냈다.

"타오 집안의 살림이 무척 어렵다는 말씀을 하셨지요. 이 돈으로 제 동생 교육비에 보태세요."

나는 큰아버지의 탁자 위에 돈을 내려놓았다. 돈주머니 속에서 짤랑거리는 동전 소리가 내 귀에 아름다운 음악처럼 들렸다.

큰아버지의 대답을 기다릴 것도 없이, 나는 성큼성큼 서재를 걸어 나와서 어머니를 만나러 갔다. 자꾸만 빨라지는 발걸음을 늦출 수가 없었다. 나는 전족을 하지 않아서 비틀거리지 않았으므로 빨리 걸을 수 있었다.

큰아버지와는 달리, 어머니는 거의 나이를 먹지 않은 것 같았다. 어머니의 머리카락은 여전히 흑단처럼 검었고, 얼굴에는 주름살도 없었다.

어머니는 눈물 젖은 목소리로 말했다.

"아이린, 네 동생이 집에 없어 널 보지 못하니 안타깝구나. 미리 온다고 좀 알려주지!"

"큰아버지 말씀으로는, 걔가 공립학교에 다닌다고 하시던데요."

지금 남동생을 보면 내가 과연 알아보기나 할까 싶었다. 남동생도 서양 옷을 입은 나를 틀림없이 알아보지 못할 것이다!

어머니가 내 표정을 힐끗 살폈다.

"네 동생은 리우 한웨이 도령이 다니던 학교에 다니고 있다. 한웨이 도령이 국가 장학금을 받아서 미국으로 유학간 건 알고 있었니?"

한웨이의 이름을 듣는 순간, 나는 내가 더이상 상실감으로 괴로워하지 않는다는 사실을 깨달았다. 한웨이는 좋은 사람이었고, 아마 함께 살기 편한 남편감이었을 것이다. 하지만 한웨이와 결혼하지 못한 것을 후회하지 않았다.

나는 대수롭지 않게 대답했다.

"어쩌면 미국에서 우연히 만날지도 모르겠네요."

갑자기 어머니가 왈칵 울음을 터트렸다.

"오, 아이린, 내가 에미 노릇을 제대로 못했구나! 좀더 마음을 단단히 먹고 네 발을 묶어야 한다고 끝까지 우겼어야 했는데!"

나는 비로소 왜 그토록 많은 어머니들이 딸들의 발을 묶는 풍습을 지켜왔는지 그 이유를 알 수 있었다. 어머니들은 딸들을 잘 키워서 좋은 집으로 시집 보내는 것을 가장 중요한 의무로 생각한 것이다. 그리고 여자는 전족을 해야만 매력적이고 결혼을 할 만한 자격이 있는 것으로 여겨졌던 것이다.

어머니가 흐느껴 울었다.

"일이 이 지경이 될 줄은 꿈에도 몰랐다! 네가 고집이 세다는 건 알고 있지만, 그렇다고 이렇게 박복한 운명을 겪어야 하다니! 서양 귀신들이 득실대는 나라에서 살게 될 줄이야!"

나는 어머니가 항상 두 언니와 남동생만 사랑한다고 생각했다. 그들은 나처럼 어머니 속을 썩이는 법이 없었다. 어머니가 나에게 말을 걸 때는 야단을 치거나 잔소리할 때

뿐이었다. 하지만 어머니는 나 또한 사랑했던 것이다.

"어머니, 저는 서양 귀신들이 사는 집에서 이미 3년을 지낸 걸요. 충분히 견뎌낼 수 있어요!"

나는 모래 밑에 감추어진 연한 죽순이 아니었다. 나는 눈보라를 이기고 곧게 자라날 만큼 강하고 억센 대나무 줄기였다.

인연

내가 평생 타 본 가장 큰 배는 양쯔강을 오고가는 나룻배
가 전부였다. 이제 나는 대서양을 오고가는 여객선을 타고
있었다. 상하이 부두에서 나는, 갑판으로 올라가기 위해
몸싸움을 하는 수백 명의 승객들 중 하나였다. 어찌나 마
음이 들떴는지, 중국을 떠나는 것을 가슴 아파할 틈도 없
었다.

처음에 나는 내가 있을 선실이 3등칸이라는 사실조차 깨
닫지 못했다. 워너 씨 가족은 2등칸을 타고 있었다. 안내
원은 나에게 내 선실이 바로 워너 씨네 선실 밑이라고 알
려주었다. 나는 안내원을 따라서 빙글빙글 도는 좁은 계단

을 밑으로, 밑으로 끝없이 내려갔다.

나는 불안한 듯이 말했다.

"이러다가 배 밑바닥까지 가겠어요."

안내원이 큰 소리로 웃었다.

"여기보다 더 밑에 있는 최하등칸도 있어요."

안내원은 좁고 캄캄한 복도에서 걸음을 멈추더니 문 하나를 가리켰다.

"저기가 손님이 쓰실 선실입니다."

나는 위에 침대 네 개, 밑에 침대 네 개가 달린 선실로 들어갔다. 다른 일곱 사람과 이 좁은 곳을 함께 써야 하는 것 같았다. 나는 지금까지 낯선 사람과 한방에서 잠을 자본 적이 없었다. 하지만 이 배에서는 모든 것이 낯설었다. 이것은 단지 변화하는 내 세계의 또 다른 무대에 불과했다.

내 짐을 올려놓은 다음, 나는 다시 갑판으로 나왔다. 어찌나 많은 사람들이 돌아다니고 있는지, 워너 씨 가족을 다시 만나리라는 희망을 거의 포기할 지경이었다. 어쩌면 미국에 도착할 때까지 볼 수 없을지도 모른다!

하지만 나는 아이들의 목소리를 쫓아서 그들 가족을 간신히 찾아냈다. 2등칸 갑판 위에서 그레이스와 빌리가 난간 위로 얼굴을 내민 채, 부두 위에 서 있는 어떤 친구들에게 소리를 지르는 것을 본 것이다. 아이들도 흥분에 들떠서 제정신이 아니었다.

워너 씨 부인이 나를 보자, 몹시 당황하는 눈치였다.

"에일린, 오해하지 말아요. 당신을 무시하는 것이 아니에요. 표를 살 여력만 있었으면, 아이들과 같은 선실을 얻었거나, 아니면 따로 독실을 얻어주었을 텐데. 하지만 남편 월급으로는 당신이 쓸 2등칸 선실 비용까지 감당할 수가 없어서……."

나는 별로 마음이 상하지는 않았다. 하지만 놀라움을 금치 못했다. 이제 나는 워너 씨 부부가 일부러 나를 무시하거나 하지는 않는다는 것을 잘 알고 있었다. 하지만 그들이 전혀 부자가 아니라는 사실은 미처 몰랐던 것이다. 중국에서 그들은 아이들을 위한 개인교사를 포함해서 하인을 여럿 거느리고 살 수 있었다. 하지만 미국으로 돌아가는 배에 오르자, 그들은 고작 2등칸 승객에 불과했던 것이다.

나는 워너 씨 부인만큼이나 당황해하면서, 되도록 태연하게 대답하려고 애를 썼다.

"걱정하지 마세요, 워너 부인. 제 선실도 깨끗하고 편안해요. 게다가 영원히 배를 타고 가는 것도 아니잖아요."

워너 부인이 뭔가 말을 하려고 하는 순간, 작별 인사를 하기 위해 찾아온 친구들에게 불려갔다. 나는 친구들에게 손을 흔들고 있는 그레이스와 빌리를 보며, 목이 멨다. 그리고 저 밑에 있는 전혀 모르는 사람들에게 열심히 손을 흔들기 시작했다. 워너 씨 가족들에게 나도 전송하러 나온 친구가 있는 척해야 했다.

그런데 놀랍게도 누군가 진짜로 손을 흔들며 내 이름을 부르고 있었다. 키가 작고 통통한 여자가 사람들 틈을 헤집고 앞으로 달려 나오고 있었다. 쉬에옌이었다!

쉬에옌이 난간에 매달린 사람들 틈에서 몸을 내밀며 소리쳤다.

"너를 다시는 못 보는 줄 알았어!"

쉬에옌의 얼굴에서 눈물이 흐르고 있었다.

워너 씨네 집에서 지내는 3년 동안 쉬에옌을 만난 것은, 길버슨 선생님의 파티 때, 딱 한 번뿐이었다. 그레이스와 빌리에게 정신을 쏟다 보니, 쉬에옌의 집을 찾아갈 틈도 없었다. 게다가 나는 일을 해야 하는 처지인데, 계속 공부를 하고 있는 쉬에옌을 보는 것도 괴로운 일이었다.

하지만 막상 친구를 보니 반가운 마음뿐이었다. 나는 간신히 목청을 가다듬고 말을 했다.

"머리를 잘랐구나."

"고작 그것밖에 할 말이 없어? 천신만고 끝에 널 만나러 왔는데?"

서로 눈물을 닦고 나자, 쉬에옌은 길버슨 선생님한테서 내가 미국으로 간다는 말을 들었다고 했다. 그래서 마지막으로 나를 보고 싶었다는 것이었다. 쉬에옌은 우리 집으로 찾아가서 어머니한테 내가 타고 갈 배의 이름과 떠나는 날짜를 알아냈다. 그리고 몇 시간이나 기차를 타고 난징에서 상하이까지 달려온 것이다.

뚜우 하고 우렁찬 뱃고동 소리가 우리의 대화를 방해했다. 우리는 깜짝 놀라 펄쩍 뛰었다.

쉬에옌이 말했다.

"그만 내려야겠다. 그렇지 않으면 너랑 같이 미국으로 실려 가겠어."

나는 애써 미소를 지으며 말했다.

"그럼 어때서?"

쉬에옌의 입술이 파르르 떨렸다.

"난 네가 부러워! 넌 대단한 모험을 떠나고 있잖아."

당연히 쉬에옌은 나를 격려하기 위해서 저런 말을 하는 거라고 나는 생각했다. 하지만 다음 순간, 그 말이 진심이라는 것을 깨달았다. 갑자기 내 영혼이 활기차게 살아나기 시작했다. 우리는 서로 편지를 쓰기로 약속했다. 앞으로 나는 온갖 신나는 일들을 편지에 쓸 수 있을 것이다! 그 생각을 하자, 내 마음은 더욱 더 가벼워졌다.

쉬에옌이 배와 부두를 연결하는 다리에서 내려가려고 하다가, 갑자기 뒤돌아섰다.

"깜빡 잊을 뻔했네! 사실은 이것 때문에 온 건데."

쉬에옌은 호주머니에서 주머니 하나를 꺼내더니 건네주었다. 그것은 내가 큰아버지의 탁자 위에 내려놓았던 돈주머니였다.

"너희 큰아버지가 혹시라도 네가 배에서 어떤 곤경에 처할지 모른다고 걱정하셨어. 그리고 타오 가문의 딸답게 품위를 잃지 말라고 하셨어."

우리가 탄 배는 태풍의 가장자리에 들었다. 태풍은 격렬하게 배를 뒤흔들었다. 나는 위층 침대에 있었는데, 난간이 있는데도 밑으로 떨어질까 두려웠다. 오래지 않아 뱃멀미가 심해서 걱정 따위는 잊어버렸다. 선실은 사람들이 토해 놓은 오물 냄새와 신음 소리로 가득 찼다.

넷쨋날이 되자, 파도가 잔잔해졌다. 죽고 싶은 마음이 사라지자, 나는 마침내 갑판 위로 기어 올라갔다. 또 다시 계단을 지나서 미로처럼 꼬불꼬불한 복도를 빙빙 돌아 헤맨 끝에, 2등칸 선실 라운지에 있는 워너 가족을 만날 수 있었다.

나를 다시 만난 아이들은 신이 나서 소리를 질렀다. 빌리가 어찌나 세게 달려들던지, 나는 뒤로 벌렁 나자빠졌다. 우리 두 사람은 미친 듯이 웃으며 마루를 데굴데굴 굴렀다.

여행하는 동안 내내, 나는 워너 씨 가족과 주로 2등칸에서 시간을 보내다가, 식사 때와 잠을 잘 때만 3등칸으로 내려갔다. 큰아버지가 준 돈으로 선실을 바꿀 생각은 하지 않았다. 그렇게 하면 내 고용주가 민망하게 여길 것이니까. 게다가 어떻게 해야 더 좋은 칸 선실로 옮길 수 있는지 방법조차 알지 못했다.

갑판 위에서 신선한 공기를 쐬다가 3등칸으로 내려가는 것은 사실 고역이었다. 배의 내부에는 환기통이 거의 없었기 때문에, 오랫동안 씻지 않은 몸의 악취와 음식 냄새를 피해 도망칠 곳이 없었다. 하지만 워너 부인에게 말한 대로, 이 여행이 언제까지나 계속되지는 않을 것이다. 내 신분이 추락하는 것은 새로운 일이 아니었다. 나는 그보다 더 나쁜 일도 참고 견딘 적이 있었다.

하지만 딱 한 번, 굴욕감에 치를 떤 적이 있었다. 빌리는 날마다 식사 시간이 빨라지는 것에 아직 익숙하지 못했다. 배가 동쪽을 향해 나가고 있었으므로, 시계도 규칙적으로 빨라졌던 것이다. 저녁 식사 시간이 되었을 때, 빌리는 전혀 배고파하지 않았다. 그래서 기회가 있을 때 배를 채워 놓으려는 어른들과는 달리, 많이 먹을 수가 없었다. 결국 식탁 앞에서는 거의 먹지 못하고 식사가 끝난 후에 배가 고파지는 일이 되풀이되었다. 한번은 빌리가 너무 불쌍하게 칭얼거리기에, 뭔가 먹을 것을 사주려고 라운지에 있는 매점으로 데려갔다.

계산대 앞에 있던 종업원이 나를 차갑게 바라보았다.

"3등칸 승객이오?"

나는 그렇다고 대답했다.

"내가 돌보고 있는 이 아이에게 줄 과자를 좀 사려고 하는데요."

종업원이 퉁명스럽게 명령했다.

"3등칸으로 내려가 보시오! 부엌에 가면 종업원이 당신 신분에 걸맞은 걸 찾아줄 거요."

나는 온몸의 피가 얼굴로 쏠리는 듯했다. 나는 심호흡을 하고서, 나도 모르게 매킨토시 학교의 역사 선생님이었던 스콧 선생님처럼 거만한 어조로 말했다.

"당신이 정 그렇게 물어본다면, 나는 비록 3등칸 승객이지만 여기 이 아이는 2등칸 승객이라는 걸 알려주지 않을 수 없군요. 자, 이제 이 아이의 신분에 걸맞은 과자를 나에게 주실까요?"

종업원의 입이 딱 벌어졌다. 마침내 종업원은 눈을 껌벅거리며 선반으로 손을 뻗어서 말없이 과자 한 상자를 나에게 건네주었다. 종업원은 내가 문을 향해 걸어가는 동안에도 계속 눈을 떼지 못했다.

그때 나지막이 웃는 소리에 뒤를 돌아보았다. 한 젊은 중국 남자가 소파에 앉아 있다가 벌떡 일어서더니 가까이 다가왔다. 그리고 광둥어로 뭐라고 말을 걸었다. 하지만 나는 알아들을 수가 없었다. 그래서 고개를 저으며 영어로 나는 난징에서 왔으며 북경어밖에 할 줄 모른다고 했다.

남자는 금방 영어로 대답했다.

"당신이 종업원을 멋지게 눌러 주었다고 말했습니다. 저 녀석은 중국인인데도 중국인 승객을 더러운 오물 보듯이 하지요. 나는 이 의자에 앉기 위해서 선원을 불러다가 증거를 보여주어야만 했답니다. 그런데 당신은 그런 영어를 어디서 배웠습니까?"

남자는 나를 갑판까지 데려다 주었다. 그리고 나는 선교사 학교를 다닌 이야기를 조금 들려주었다. 나는 남자가 내 발을 슬쩍 보더니 교묘하게 시선을 피하는 것을 알아차렸다.

남자의 이름은 제임스 추였고 샌프란시코에서 태어났다. 남자의 아버지는 그곳에서 식당을 경영하고 있었다. 지금은 고향 광동으로 사업차 여행을 갔다가 돌아가는 길이었다. 내가 만난 대개의 남부인들처럼, 남자의 눈은 북쪽 사람들보다 더 둥글었다. 남쪽 사람들은 몸도 더 왜소했지만, 제임스 추는 키가 크고 어깨도 떡 벌어진 체격이었다. 아마 미국에서 자라서 미국 공기를 마시다 보니, 체격도 더 커진 모양이었다.

남자는 나보다 열 살이나 더 나이가 많았지만, 그 남자와 이야기하는 것은 무척이나 유쾌했다. 남자는 스물여섯 살쯤 된 것 같았다. 그럼에도 내 이야기에 많은 관심을 보이면서 워너 씨 가족과 매킨토시 학교에 대해서 이것저것 질문을 했다.

그 뒤로 남은 여행은 참으로 즐거웠다. 중국어로 태평양이라고 하는 이 바다는 '평화로운 바다'라는 이름에 걸맞게 잔잔하고 고요했다. 나는 보랏빛 파도와 날아오르는 물

고기들과 믿을 수 없이 반짝이는 밤하늘의 별들을 한없이 바라보았다. 가끔씩 제임스 추를 우연히 만나기도 했다. 솔직히 제임스는 내가 아이들을 데리고 산책하는 바로 그 시간에 꼭 갑판에 나오곤 했다.

제임스는 우리에게 게시판에 붙은 공고를 보고 우리 배의 위치를 아는 방법을 알려주기도 했다. 그리고 국제 표준 날짜 변경선을 지날 때면, 왜 달력의 날짜를 하루 늦추어야 하는지도 설명해 주었다.

배 위에는 아이들의 놀이방이 있었는데, 오후마다 한 시간씩 이야기꾼이 아이들을 즐겁게 해주었다. 그 시간 동안만큼은 빌리와 그레이스로부터 눈을 뗄 수가 있었기 때문에, 나는 놀이방 밖에 있는 갑판 의자에 앉아서 책을 읽었다. 그리고 얼마 지나지 않아서 제임스 추가 항상 내 옆자리에 앉아 있는 것을 깨달았다.

제임스는 날씨가 따뜻한데도 내 무릎 위에 겉옷을 덮어주면서 말했다.

"제가 자꾸 캐묻는다고 싫어하지 마세요. 당신은 상당한 교육을 받은 것 같은데, 어쩌다가 미국인 가정에서 아이들을 돌보게 되었는지 궁금하군요."

그리고는 황급히 덧붙였다.

"아이들을 돌보는 일이 나쁘다는 건 아닙니다. 그건 아주 정직한 일이지요. 하지만 당신 가족들은 교육비를 낭비했다고 생각하지 않나요?"

"제가 미국까지 가게 된 가장 큰 이유가 바로 우리 가족들인걸요."

나는 망설이며 이야기를 시작했다.

"제가 전족을 하지 않았다는 걸 당신도 아실 거예요."

제임스는 고개를 끄덕였다.

"미국에서는 아무도 전족을 하지 않습니다. 돈 많은 중국인 사업가들에게 아내로 팔려 온 여자들만 제외하고요."

나는 무덤덤하게 말했다.

"전족을 하지 않은 중국 여자들은 하인이나 노동자가 되지요."

제임스도 인정했다.

"대부분 그렇지요."

그리고 다시 무슨 이야기를 꺼내려고 했으나, 그레이스와 빌리가 놀이방에서 뛰어나오더니 방금 들은 이야기를 나에게 해주기 시작했다.

이제 우리들의 만남은 일상이 되었다. 그레이스와 빌리가 놀이방에 가 있는 동안, 나와 제임스는 갑판에서 이야기를 나누었다. 제임스와 이야기를 하는 것은 둘째언니와 이야기하는 것과 비슷했다. 제임스는 어떤 편견도 없이 동정심을 가지고 이야기를 들어줄 준비가 되어 있는 사람이었다.

제임스는 어쩌다가 워너 씨 가족의 보모가 되었는지 다시 물었다. 비록 제임스를 알게 된 지 2주일밖에 안 되었지만, 나는 제임스에게 신뢰감을 느꼈다. 지금까지 내 사연을 전부 아는 사람은 길버슨 선생님뿐이었다. 워너 씨 부부조차도 완전히 신뢰할 수 없었던 것이다.

나는 나도 모르게 우리 가족, 아버지와 할머니, 큰아버지에 대해서 제임스 추에게 술술 털어놓고 있었다. 그 남자에게 진실을 알리고 싶었다. 심지어 파혼당한 일까지 이야기했다.

"이게 제 이야기예요. 이제 제가 왜 미국으로 가는 배를 타고 있는지, 그 이유를 아셨겠지요."

나는 말을 맺었다. 제임스는 한동안 나를 조용히 바라보았다.

"당신처럼 용감한 사람은 처음 만나 봅니다."

처음에 나는 제임스가 나를 놀린다고 생각했다. 하지만 그 말이 진심이라는 것을 깨닫고 얼굴이 새빨갛게 달아올랐다.

"무슨 말씀인지 모르겠네요. 저는 혁명적이거나 뭐 그런 사람이 아니에요. 화뮬란처럼 여전사도 아니고요."

"당신은 혁명가입니다. 그리고 저는 당신이 싸운 싸움을 존경합니다. 인습과의 싸움을 말이죠."

내가 물었다.

"그럼 당신은 인습에 맞서 싸운 것을 나쁘게 생각하지 않으시나요?"

큰아버지는 전통을 지키는 것만이 우리의 문화유산을 보존하는 길이라고 굳게 믿었다. 하지만 아버지는 옛것을 지킬 뿐만 아니라, 새것을 알기도 해야 한다고 믿었다.

제임스가 말했다.

"우리가 맞서 싸워야 할 전통도 있지요."

그 목소리가 어찌나 확고하던지, 나는 왠지 제임스의 인생에도 뭔가 그런 일이 있을까 궁금해졌다.

어쨌든 제임스가 아버지와 같은 생각이라는 사실이 기뻤다. 나는 제임스가 점차 좋아지기 시작했고 그에 대해서 더 많은 것을 알고 싶었다.

"나는 우리 가족에 대해 이야기를 많이 했어요. 이제 당신 가족에 대한 이야기를 해주세요. 당신은 어쩌다가 미국으로 가게 되신 거죠?"

제임스가 씩 웃었다.

"우리 집안은 당신 집안처럼 상류층이 아닙니다. 이제
더이상 저와 이야기를 하지 않으실 생각인가요?"

나도 덩달아 씩 웃었다.

"저는 신분 따위를 이야기할 입장이 못 되는 걸요. 어쨌
든 저는 3등칸 승객이고, 여기 2등칸에는 그레이스와 빌리
를 돌본다는 구실로 들어와 있을 뿐이죠."

승무원이 옆을 지나가자, 제임스는 소고기 차 두 잔만
가져다 달라고 했다. 어쩐지 별로 먹음직스럽게 들리지는
않았다.

내가 말했다.

"소고기로 만든 차를 먹고 싶을지 잘 모르겠네요."

제임스가 설명했다.

"진짜 차는 아닙니다. 죽 같은 것인데, 배 위에서 식사
시간 사이에 나오는 것이죠. 어떤 승객들은 그걸 마시면
뱃멀미가 가라앉는다고 해요."

나는 아무 건더기도 없이 멀건 죽을 마시는 게 이상하다
고 생각했지만, 기꺼이 맛을 보았다. 소고기 국물은 다소
짰지만, 뜨거운 국물을 마시니 기분이 좋아졌다.

소고기 국물을 조금씩 마시면서, 제임스는 자기 가족에 대해 이야기하기 시작했다.

"우리 할아버지는 1849년 골드러시 때 캘리포니아로 오셨죠."

샌프란시스코는 중국어로 '진샨'이라고 하는데 '황금산'이라는 뜻이었다. 나는 황금이 시냇물처럼 흘러내리는 산을 상상해 보았다.

"할아버님께서는 엄청난 부자가 되셨겠군요!"

제임스가 야릇한 미소를 지었다.

"그런 행운은 없었죠. 할아버지는 떼돈을 벌지는 못했어요. 그 대신 광부들을 위해서 식당을 열자는 생각을 하셨죠. 아주 힘든 일이었지만, 결국에는 혼자 힘으로 꽤 많은 돈을 버셨죠."

내가 물었다.

"가족들을 전부 미국으로 데려오실 정도로 말이죠?"

제임스가 말했다.

"할아버지는 광동에 있는 고향 마을로 돌아오셔서 집안이 정해 준 처녀와 결혼을 하셨어요. 그 가엾은 아가씨는 할아버지가 황금을 잔뜩 짊어지고 중국으로 돌아오리라고 기대하고 있었죠. 대궐 같은 집을 지어주고 하인들도 엄청나게 부리고 말이죠. 그런데 할아버지는 부인을 미국으로 데려와서 식당에서 뼈 빠지게 부려먹었죠."

나는 제임스의 값비싼 셔츠를 바라보았다. 워너 씨 집에서 3년이나 지내고 나니, 서양인들과 서양 옷에 대해서도 익숙해졌고, 이제는 값비싼 셔츠와 값싼 셔츠를 구별할 수 있었다.

"그래도 할아버지의 식당은 날로 번창했겠군요."

제임스가 고개를 끄덕였다.

"열심히 일한 대가였죠. 저희 아버지는 그 식당을 물려받았고 지금까지 운영하고 계시답니다."

내가 물었다.

"어머님은 성공한 식당 주인과 결혼을 하셨으니, 편안하게 사시겠어요."

"아니, 그렇지 않습니다. 샌프란시스코에 살고 있는 돈 많은 중국인 사업가들은 대부분 중국에서 신부감을 데려오지요. 전족을 한 여자로 말입니다. 하지만 아버지는 직접 중국으로 건너가서 고향 마을의 시골 처녀와 결혼을 하셨죠."

나는 아주 어렸을 때 내게 젖을 먹인 유모 생각이 났다. 넓은 무릎 위에 나를 편안히 누이고 자장가를 불러주던 시

골 여인. 나는 제임스의 아버지가 훌륭한 결정을 했다고
생각했다.

"전족을 한 여자는 하루 종일 집안에만 있어야 하지요.
우리 아버지는 차나 마시고 호박씨나 까먹으며 마작이나
하는 여자를 원하지 않으셨죠. 미국인들에게 조롱당하지
않고, 당신이랑 함께 밖에 나가서 일할 수 있는 여자를 원
하셨어요."

나는 벌떡 몸을 일으켰다.

"당신 말은 미국인들이 전족을 한 여자들을 놀린다는 건
가요?"

나에게는 정말 청천벽력 같은 소리였다. 지금까지 전족
을 하지 않았다고 놀림을 받는 데에만 익숙해져 있었던 것
이다.

제임스가 말했다.

"차이나타운에 사는 중국인 부인들은 전족을 했다는 사
실을 숨기려고 하는 걸요. 그런 여자들은 일부러 커다란
신발을 신고 솜을 채워 넣기도 하지요. 하지만 걸음걸이까
지 숨길 수는 없어요. 비틀거리며 아장아장 걸을 수밖에
없으니까요."

"천 년 동안 중국인들은 그 비틀거리는 종종걸음을 무

엇보다도 소중하게 생각했어요."

나는 할머니와 어머니, 그리고 언니들이 걷는 모습을 떠올리며 혼자 중얼거렸다. 그것은 그들의 신분을 나타내는 표시였다.

제임스가 말했다.

"미국인들은 취향이 다릅니다."

"그렇다면 당신 생각은 어떤가요? 미국인들처럼 생각하시나요, 아니면 중국인들처럼 생각하시나요?"

갑자기 그 사실을 아는 것이 무엇보다도 중요하게 느껴졌다.

제임스는 주저하지 않고 말했다.

"나도 우리 아버지와 같은 생각입니다. 만약 결혼을 한다면, 신분 높은 아가씨가 아니라 인생을 함께할 동반자를 얻겠어요."

제임스의 말을 듣자, 온 몸에 따뜻한 기운이 퍼져나가는 것을 느꼈다. 나는 소고기 국물에서 모락모락 피어오르는 김에 얼굴을 묻었다. 그리고 잠시 후에 다시 물었다.

"언젠가는 아버지의 사업을 물려받으시겠네요?"

제임스가 중국으로 여행을 다녀올 정도라면 — 그것도 2등칸을 타고 — 식당업이 꽤 괜찮은 사업임에 틀림없었다.

제임스는 고개를 저었다.

"나는 둘째아들이라서 우리 형님이 식당을 물려받을 겁니다. 나는 그 밑에서 일해야겠지요."

나는 제임스의 표정을 살폈다.

"형님 밑에서 일하는 게 별로 반갑지 않은 모양이군요."

"내 얼굴에 써 있나요? 그렇습니다. 형님 밑에서는 별로 일하고 싶지 않군요. 형님이 별로 유능한 사업가가 아니라서, 식당이 점점 기울어 가는 걸 보는 게 싫습니다."

나는 중얼거렸다.

"그런데도 둘째아들에게는 사업을 물려줄 수가 없단 말이죠?"

전족을 하지 않은 여자와 결혼하고 싶어했던 제임스의 아버지이지만, 어떤 전통은 꼭 지키는 모양이었다.

제임스는 이 질문에 대답할 기회를 얻지 못했다. 놀이방 문이 활짝 열리면서 아이들이 뛰어나왔기 때문이었다. 그레이스와 빌리는 한 시간 동안 가만히 앉아 있느라 지겨워서 죽을 뻔했다며, 산책을 가자고 졸랐다. 아이들의 손을 잡고 배를 한 바퀴 돌면서, 나는 제임스 추의 가족 이야기를 곰곰이 생각해 보았다.

이틀 후에 워너 부인이 나에게 말했다.

"에일린에게 추종자가 생겼다고 해도 이해해요."

나는 아무렇지도 않은 척 말했다.

"아, 제임스 추 말씀이로군요. 매점에 있는 점원이 저더러 3등칸으로 가라고 했을 때, 저에게 친절하게 대해 주었어요."

워너 부인의 얼굴이 빨개졌다.

"에일린, 미안해요. 남편이 점원에게 미리 말을 해놓았어야 하는데."

나는 부인을 안심시켰다.

"아니, 아니에요. 결국에는 다 잘되었는걸요. 어쨌든 제임스도 그때 매점에 같이 있었는데, 그때부터 둘이 친해졌어요."

워너 부인은 여전히 미덥지 않은 표정이었다. 그래서 나는 제임스의 가족과 환경에 대해서 이야기해 주었다.

난징에 있을 때에는 워너 부인과 속 깊은 대화를 할 틈이 거의 없었다. 빌리의 홍역을 겪고 난 뒤부터 나에 대한 부인의 태도는 훨씬 다정해졌고 나와 이야기를 나누려고 애를 쓰기도 했다. 하지만 남편과 마찬가지로 부인도 하루 종일 선교 일로 바빴고, 나는 나대로 아이들과 시간을 보내야만 했다. 오직 일요일 저녁 식사 때에만 모두가 한자리에 모일 수 있었다.

그러므로 배에 오른 뒤에야, 부인이 원래 뉴잉글랜드 출신이라는 것을 알았다. 그곳은 샌프란시스코에서 3천 마일이나 더 떨어진, 멀리 미국의 동부 지역이었다. 한편 워너 씨는 미국 중부에 있는 아이오와 출신이었다. 두 사람은 대학에서 만났고 결혼을 한 뒤에 서부로 이사했다. 그들은 선교사가 되겠다고 결심했을 때, 중국을 활동 지역으로 선택했고 상하이에서 처음 일을 했다. 그런 다음 난징으로 부임을 받은 것이다.

나는 워너 씨 부부가 옮겨 다녀야 했던 그 엄청난 거리에 몹시 놀랐다. 사실 제임스네 가족도 참으로 엄청난 이동을 한 셈이었다. 미국인들은 진정 사방을 떠돌아다니는 인종이었다. 그런데 나는 타오 집안 밖으로 나온 것만으로도 굉장한 이동이라고 생각하고 있었다. 워너 부인은 배가 목적지에 다가갈수록 점점 더 불안해 보였다.

내가 물었다.

"고향인 샌프란시스코로 가는 데 기쁘지 않으세요?"

워너 부인이 잠시 망설였다.

"사실 어디가 내 고향인지 딱 잘라 말할 수가 없군요.

우리는 너무나 오랫동안 중국에서 살아서 그레이스와 빌리는 완전히 그곳 생활에 길이 들었어요. 특히 빌리는 미국을 낯선 외국으로 생각하는 걸요. 그 아이가 샌프란시스코에서 어떻게 지낼지 잘 모르겠네요."

나는 워너 부부처럼 사는 게 어떤 것인지 상상해 보려고 했다. 7년마다 딱 한 번 안식년 때만 고향으로 돌아가다니. 선교사들이 선택한 삶도 결코 쉬운 것은 아니었다. 그들의 종교적인 믿음에 동의를 하든 하지 않든, 그들이 헌신하는 것에 대해서는 존경해야 마땅했다.

제임스 추 역시 여행이 끝나가는 것을 안타깝게 여기는 것 같았다.

"이번 여행이 아마 마지막 여행이 될 것 같습니다 광동으로 가서 우리 식당에 직접 재료를 대줄 사람들을 주선해 보자는 것은 내 생각이었죠. 그래서 아버지께 제안했던 겁니다."

내가 물었다.

"미국에서는 식당에 재료를 대 줄 사람을 찾을 수가 없나요?"

제임스가 설명했다.

"우리는 미국에서 구할 수 없는 온갖 종류의 향신료들

과 양념들이 필요합니다. 그래서 항상 중간 상인들의 손을 많이 거쳐서 재료를 구해야만 하죠. 그 때문에 모든 음식 값이 올라가는 것입니다."

나는 중간 상인이라는 말뜻을 알아듣지 못했지만, 어쨌든 이번이 제임스의 마지막 여행이란 말에 충격을 받았다.

"더이상 여행할 기회가 없단 말인가요?"

제임스가 한숨을 쉬었다.

"우리 형님이 식당 운영을 맡게 되면 그렇게 될 겁니다. 형님과 저는 사업에 대해서 완전히 다른 생각을 가지고 있지요. 지금 저희 아버님은 일 년 이상 앓아 누우셨기 때문에, 더이상 일을 하면 안 될 입장입니다."

내가 물었다.

"그럼 당신은 뭘 하실 건가요?"

제임스는 더욱 크게 한숨을 쉬었다.

"형님 밑에서 일을 해야겠지요. 그건 식당이 망해 가는 걸 지켜보는 일이 되겠지만 말이죠."

제임스는 고개를 돌리고 나를 바라보았다.

"샌프란시코에서 다시 만났으면 좋겠습니다. 혹시 어디서 지낼지 알고 있나요?"

나는 고개를 저었다. 하지만 워너 부부에게 주소를 물어

보아야겠다는 생각은 하지도 못했다.

"어쩌면 우연히 만날지도 모르죠. 샌프란시코는 큰 도시인가요?"

제임스가 대답했다.

"안타깝게도 아주 큰 도시입니다. 하지만 차이나타운에 한번 오셔서 청루 식당을 찾아 오세요. 듀퐁 거리에 있습니다."

제임스의 눈빛은 아주 진지했다. 나는 어떻게든 꼭 제임스의 아버지가 하는 식당을 찾아가 보겠다고 약속하고 싶었다. 하지만 문득 부끄러운 생각이 들어서 아무 말도 하지 않았다.

제임스는 내가 당황한 것을 알아차린 듯, 얼른 가벼운 어조로 화제를 돌렸다.

"저거 봐요! 빌리가 또 배가 고픈 모양이에요. 매점을 습격해서 과자나 또 뺏어올까요?"

마침내 육지가 보이기 시작했을 때, 나는 그레이스와 빌리의 손을 잡고 갑판 위에 서 있었다. 우리 세 사람은 모두 말이 없었다. 매킨토시 학교에 입학했을 때, 나는 전혀 새로운 세계에 발을 들여놓았다. 그리고 미국인 가정에서 살게 되었을 때에도 나에게는 또 다른 세계가 열렸다. 그런데 이제 또 다른 새로운 세계로 들어가게 되는 것이다.

말 그대로 신세계로…….

황금산

샌프란시스코의 워너 씨 집은 언덕 중간쯤에 자리잡고 있
었다. 그곳은 도시 북서쪽에 있는 살기 좋은 동네였다. 특
히 앞 유리창으로 바다가 내다보이는 전망이 장관이었다.
나무들은 해풍에 쉬지 않고 흔들렸으며, 늦은 오후가 되면
안개가 피어올라 솜이불처럼 우리를 감쌌다. 나는 아름다
운 주변 풍경에 감탄을 금치 못했다. 난징은 평야 도시로,
외곽에 예쁜 호수들과 낮은 언덕들이 있었다. 반면 샌프란
시스코에는 뾰족뾰족한 언덕과 일렁이는 바다가 있었다.
도시 전체 ─ 어쩌면 미국 전체가 울퉁불퉁하고 야성적으
로 보였다.

오래지 않아 나는 워너 가족의 형편이 별로 좋지 않다는 것을 깨달았다. 그들의 집은, 중국에 가 있는 동안 다른 사람에게 세를 주었는데, 완전히 수리를 해야만 했다. 처음 도착했을 때, 나는 하인들이 와서 잡일을 해주기를 기다렸다. 하지만 워너 씨와 부인이 손수 빗자루와 대걸레, 쓰레받기를 들고 나서는 것을 보고 엄청난 충격을 받았다. 난징에서는 부리던 집사조차 손수 빗자루나 걸레를 만지는 법이 결코 없었다. 체통에 어긋나는 짓이기 때문이다.

내가 청소를 돕겠다고 나섰지만, 다행히도 워너 부인은 아이들이 방해나 하지 않게 돌봐주기를 원했다. 나는 아이들이 짐을 푸는 것을 도와주었다. 2층에 있는 조금 큰 방은 나와 그레이스가 함께 쓰고, 빌리는 집 뒤에 있는 작은 방을 쓰기로 했다. 방이라고 해야 옷장보다 클까 말까 한 정도였다.

저녁 무렵이 되자, 빌리가 배가 고프다고 징징거리기 시작했다. 나 역시 배가 고팠다. 점심 때 버터 바른 빵을 몇 조각 먹은 것이 다였던 것이다. 나는 발뒤꿈치를 들고 살금살금 아래층으로 내려갔다. 요리사가 빌리에게 먹일 간식거리를 만들어 두었기를 기대하면서. 난징에서는 종종 이런 일이 있었는데, 요리사는 기꺼이 내 부탁을 들어주었다. 집안의 다른 식구들에게는 몹시 성깔 사납고 퉁명스러운 사람이었는데도 말이다.

부엌은 난징에 있던 워너 씨 집의 부엌과는 전혀 달랐다. 여기에는 냄비를 걸어놓을 아궁이도 없었고, 아궁이에서 훨훨 타오르는 불길도 없었다. 이곳 난로에서는 아예 불길이 일어나지 않았다. 결국 이 부엌에는 영혼이 없는 셈이었다.

나는 좀더 쓰라린 현실과 대면해야만 했다. 워너 씨 집에는 청소해 줄 하인만 없는 것이 아니라, 음식을 준비해 줄 요리사도 없었다.

그때 현관문이 열리는 소리가 들렸다. 워너 부인이 부스스한 몰골로 짐 보따리를 들고 비틀거리며 들어왔다. 부인은 부엌 식탁 위에 짐을 내려놓더니 의자에 털썩 주저앉았다. 한동안 말할 기운조차 없는 것 같았다. 잠시 후에 부인은 땅이 꺼져라 한숨을 쉬었다.

"저녁 식사 준비를 시작해야겠군요. 난 벌써부터 난징이 그리워 죽겠어요."

나는 자신을 억제했다.

"전 아니에요. 미국에 온 것은 굉장한 모험이라고 생각해요."

210

내 주인은 격려가 필요했다. 그리고 나는 기운을 북돋아 주려고 애썼다.

"피곤하시겠어요. 제가 음식하는 것을 도와드릴게요."

워너 부인이 빙그레 웃었다.

"에일린, 요리해 본 적 있어요?"

나는 없다고 털어놓지 않을 수 없었다.

"하지만 배우면 돼요!"

워너 부인이 말했다.

"나는 해 본 적이 있어요. 중국에서 살면서 완전히 살림에는 바보가 됐지만, 아직도 기본적인 몇 가지는 기억할 수 있어요."

워너 부인은 기본적인 요리 몇 가지는 기억하고 있는 것이 분명했다. 하지만 솜씨는 형편없었다. 내 평생 샌프란시스코의 워너 씨 집에서 처음 먹은 저녁식사는 결코 잊지 못할 것이다. 돼지고기 볶음과 데친 양배추, 으깬 감자 요리였는데, 양배추는 죽이 되고 감자는 덜 익어서 설컹거렸다. 그리고 돼지고기 볶음은 꼭 톱질하고 남은 나무 쪼가리 같았다.

가장 먼저 음식에 대해 불평을 늘어놓는 사람은 언제나 빌리였다. 하지만 엄마의 엄한 표정을 보고 빌리도 감히 더이상 말을 하지 못했다. 우리 모두 아무 말도 하지 않는 편이 더 안전하겠다는 생각을 했다. 식사가 끝나자, 나는 워너 부인이 식탁을 치우는 것을 도와주기 위해 자리에서 일어났다.

워너 부인이 말했다.

"그레이스도 돕도록 해라."

그 후로 며칠 동안, 미국 생활에 적응하지 못하고 고생하는 것은 나만이 아니었다. 워너 씨와 부인은 입술을 꾹 다문 채, 열심히 일을 했고 집에 있을 때가 거의 없었다. 그레이스는 동네 학교에 입학을 해야 했지만, 내가 처음 학교에 들어갈 때처럼 좋아서 날뛰는 기색이 전혀 아니었다. 여덟 살 먹은 빌리는 중국이 그리운 나머지, 네 살짜리처럼 행동하기 시작했다. 나는 빌리가 짜증을 부리지 않도록 알고 있는 방법은 다 동원해야만 했다.

나는 최선을 다해서 워너 부인을 도와주려고 했다. 난징에 있을 때보다 지금이 더 가깝게 느껴졌기 때문이었다. 비록 아이들 가정 교사로 고용되기는 했지만, 부인이 고되게 집안일과 요리에 매달리고 있는데, 모르는 척 뒷짐만 지고 있을 수는 없었다. 나는 빗자루를 휘둘러 보았으나, 어딘가에 먼지를 모아서 쓰레기통에 버려야만 한다는 사실을 알지 못했다. 중국에서는 하녀들이 모든 먼지를 간단히 마당으로 쓸어내면 그만이었다. 대걸레질 또한 마찬가지였다. 걸레질을 깨끗이 하려면, 먼저 물기를 잘 짜야 한다는 것을 전혀 몰랐던 것이다.

어느 날 밤, 나는 식탁에 둘러앉은 식구들이 하나같이 워너 부인이 만든 음식을 억지로 씹고 있는 것을 보다가, 문득 중국 음식이 먹고 싶다는 생각이 들었다.

내가 제안했다.

"제가 중국 음식을 만들어 보면 안 될까요? 다진 고기와 야채를 넣고 볶은 요리를 만들 수 있을 것 같은데……."

워너 가족 모두가 어찌나 열광적인 반응을 보이던지, 내가 도리어 깜짝 놀랐다. 그레이스는 박수를 쳤고, 빌리는 자리에서 펄쩍펄쩍 뛰었다. 굳어 있던 워너 씨의 얼굴조차 환하게 펴졌다.

워너 부인은 푹 한숨을 쉬며 말했다.

"아주 좋은 생각인 것 같군요, 에일린."

그렇게 해서 요리사로서의 내 경력이 시작되었다.

중국에서 나는 부엌에 발을 들여놓은 적도 없었다. 하지만 부엌 마당을 기웃거리기를 좋아했던 탓에, 주방장이 칼로 뭔가를 다지는 것을 자주 보았다. 게다가 번개처럼 빨리 요리하는 방법도 알고 있었다. 주방장이 곱게 다진 재료를 뜨거운 냄비 속에 넣고 열심히 휘젓는 것을 본 적이 있었다. 무엇보다도 맛있는 음식 맛이 어떤지를 잘 알고 있었다.

물론 요리의 가장 기본적인 방법까지 터득하는 데에는 상당한 시간이 걸렸다. 모든 중국 요리의 기본은 밥이었지만, 제대로 밥을 잘 짓는 일은 깜짝 놀랄 만큼 어려웠다. 내가 맨 처음 지은 밥은 꼭 죽처럼 되었다. 그나마 서쪽 사람들이 '콩쥐'라고 하는 쌀죽이라도 된다면 엄연히 대접받는 요리에 낄 수 있었을 것이다.

위너 부인은 요리에서 해방되어 마음이 놓였는지 나에 대해 무척 너그러워졌다. 내 요리 솜씨가 조금씩 나아지자, 가족들도 억지로 내 음식을 좋아하는 척하지 않게 되었다. 진심으로 내 요리를 칭찬하기 시작한 것이다.

하지만 쉬운 일은 아니었다. 전에는 평생 이렇게 많은 육체 노동을 해본 적이 없었다. 빌리를 가르치고 그레이스의 숙제를 봐주는 일 이외에, 근처 가게에 가서 음식을 만들 재료를 사야 하고 점점 더 많은 양의 식사를 준비해야만 했다.

하지만 이보다 더 만족스러울 수는 없었다. 매킨토시 학교에서 공부한 것을 자랑스러워했던 것은 사실이었다. 할머니의 총애를 받았던 것도 사실이었다. 하지만 큰아버지는 중국인 가정에서 여자아이는 사치품이며, 귀여움을 받을 수는 있지만 항상 집안 살림을 거덜내는 존재라는 것을 일깨워 주었다. 여자아이는 집안에 아무런 보탬도 될 수 없었다. 비싼 돈을 들여서 다른 집으로 시집 보내면 그만이었다. 그리고 여자는 그 집에 가서 아들을 낳아야만 의무를 다한 것이다.

워너 씨 가족과 함께 지내면서 나는 가정에 보탬이 되고 있다는 느낌을 가질 수 있었다. 나는 꼭 필요한 존재였다.

내가 말했다.

"간장을 사야겠어요."

그날 저녁까지 워너 가족들은 내 요리에 대해서 무슨 말을 하는 것을 삼가고 있었다. 하지만 나는 내 요리가 뭔가 부족하다고 느끼고 있다는 것을 너무나 잘 알고 있었다. 다만 나를 비난하고 싶지 않았던 것이다. 어쩌면 내가 요리를 그만 두게 될까 봐, 그래서 다시 뭉개진 양배추와 나무 토막 같은 돼지고기 요리를 먹게 될까 봐 두려운 것인지도 몰랐다.

늘 그렇듯이 가장 먼저 솔직하게 말한 것은 빌리였다.

"우리가 늘 먹던 맛이 아니야."

빌리는 다진 소고기와 양배추 볶음을 한입 먹어 보더니 투덜거렸다.

다른 사람들이 빌리의 입을 다물게 하려고 했지만, 이미 늦었다. 나도 빌리의 말에 동감이었다. 겉으로 보기에는 중국 요리와 상당히 비슷해지기는 했지만, 내 요리는 아직도 맛이나 색깔이 제대로 나질 않았다. 뭔가 강력한 것이 필요했다. 그러기 위해서는 특별한 양념이 필요했지만, 동네 상가에는 중국 가게 같은 곳이 한 군데도 없었다.

갑자기 미국인들이 쌀 푸딩을 만들 때 쓰는 것 같은 푸슬푸슬 날리는 쌀이 아니라, 차진 밥을 먹고 싶어 견딜 수가 없었다. 간장이니 생강, 죽순, 이런 것을 생각하자, 입에 침이 고였다.

워너 씨가 이모젠느에게 말했다.

"여보, 당신이 에일린을 차이나타운에 데려다주면 되잖아. 거기라면 필요한 건 모두 구할 수 있을 텐데."

나는 순간 숨이 멎었다. 제임스 추가 자기 아버지 식당이 차이나타운에 있다고 한 적이 있었던 것이다. 나는 이따금 제임스 생각을 했지만, 우리 가족이나 길버슨 선생님, 쉬에옌과 마찬가지로 그 사람 또한 지나간 과거의 인물이었다. 하지만 이제 혹시라도 제임스를 다시 만날지 모른다고 생각하자, 가슴이 뛰었다.

바로 다음날 아침에 워너 부인은 나를 데리고 전철을 탔다. 그리고 샌프란시스코의 전혀 다른 지역으로 갔다. 전철에서 내리기 전부터, 나는 다른 세계의 소리를 듣고 보고 냄새 맡을 수 있었다. 그것은 바로 중국인의 세계였다. 거리의 표지판은 중국어로 적혀 있었다. 우리는 '두반지'라고 표지판이 붙은 거리에 내렸다.

워너 부인이 말했다.

"여기가 듀퐁 거리야. 차이나타운의 중심지지."

인도 위에 서서 나는 현기증을 느꼈다. 그리고 온갖 친숙한 녹색 야채들이 가득 담긴 바구니들이 줄지어 늘어선 야채 노점을 둘러보았다. 복초이,* 겨자 잎, 어린 국화 이파리……. 나는 열린 가게 문 너머로 말린 가리비, 연꽃 줄기, 그 밖에도 중국어 상표가 붙은 병들을 정신없이 바라보았다.

---

* 중국식 푸른 양배추.

워너 부인이 말했다.

"에일린, 왜 그래요? 어디 아파요?"

바로 그때 나는 뺨 위로 눈물이 흘러내리고 있는 것을 깨달았다. 너무 감격해서 아무 말도 할 수 없었다. 하지만 마침내 눈물을 닦고 울음을 삼켰다.

나는 목이 메어 속삭였다.

"다시 중국으로 돌아간 것 같아요."

아주 잠깐 동안이지만, 넓디넓은 대양도 더이상 나와 난 징 사이를 가로막지 못하는 것처럼 느껴졌다. 타오 저택의 향나무와 어머니의 다정한 얼굴, 둘째언니, 남동생과 나 사이에는 아무것도 없었다.

그때부터 나는 필요한 향신료를 사기 위해 일주일에 한 번씩 차이나타운을 찾아갔다. 어머니가 절대로 나 혼자서 거리를 걸어다니지 못하게 하려고 반드시 인력거에 태워 보냈던 일이 가끔 떠올라 혼자 웃곤 했다.

나는 일주일에 한 번 있는 이 외출을 고대하게 되었다. 마치 내 고향으로, 내 집으로 돌아간 듯한 느낌이 들었기 때문이다. 차이나타운에 있으면, 나와 똑같이 생긴 사람들 틈에 있었다. 그곳에서는 내가 이방인이라는 느낌이 들지 않았다.

아니, 전혀 문제가 없는 것은 아니었다. 말이 통하지 않는다는 사실이 금방 드러난 것이다. 내가 야채 한 단을 집어 들고 만다린어로 얼마냐고 물었을 때, 가게 주인은 내 말을 알아듣지 못하고 광동어로 대답했다. 결국 우리 두 사람은 영어로 대화를 해야만 했다.

하지만 언제나 그렇듯이 날카로운 귀는 내 가장 큰 재산이었다. 영어도 배웠는데 아무렴 광동어를 배우지 못할 까닭이 없었다. 세 번째 차이나타운을 찾아갔을 때, 나는 힘들게 몇 마디 말을 할 수 있게 되었다.

나는 가게 주인에게 물었다.

"조금 덜 진한 간장이 필요해요. 이건 너무 진해요."

내 등 뒤에서 낯익은 목소리가 들려왔다.

"셩추를 달라고 하세요."

휙 돌아서자, 제임스 추가 눈앞에 서 있었다. 제임스 추는 미소를 지으며 한 마디 덧붙였다.

"발음이 아주 좋으시네요."

차이나타운에 올 때마다 내심 그 사람을 만나지 않을까 기대한 것은 사실이지만, 막상 그 사람을 보게 되니 얼마나 기쁜지 나 자신도 놀랄 정도였다. 나는 아무 할 말도 생각나지 않아서 고작 이렇게 묻는 것이 전부였다.

"이 근처에 사세요?"

"우리 아버지가 하시는 청루 식당이 바로 다음 블록에 있어요. 혹시 시간이 있으시면 잠깐 가서 딤섬이라도 드실래요?"

나는 평생 식당이란 곳을 들어가 본 적이 한번도 없었다. 전혀 모르는 낯선 이들과 함께 밥을 먹는다는 것은 양갓집 규수에게는 어울리지 않는 일이었다. 어머니는 말만 들어도 놀라 기절할 것이다. 나는 물론 배 안의 식당에서 수백 명의 낯선 사람들과 함께 식사를 한 적이 있었다. 그리고 심지어 중국에서도 세태가 변하고 있었다.

게다가 나는 열여섯 살이 다 되었기에 혼자서 결정을 내릴 수 있는 나이였다. 그럼에도 제임스를 따라서 그 사람 아버지의 식당으로 들어가는 것이 왠지 조마조마하고 불안하게 느껴졌다.

식당 안은 매우 시끄럽고 사람들로 붐볐다. 음식을 나르는 종업원들이 미친 듯이 뛰어다니고 있었다. 하지만 주인 아들인 제임스는 조용한 구석 자리에 앉을 수 있었다. 나는 제임스에게 차이나타운까지 오게 된 이유를 설명해 주었다. 이야기를 계속하기는 쉽지 않았는데, 왜냐하면 쉬지 않고 식탁 위에 놓이는 온갖 산해진미에서 젓가락을 뗄 수 없었기 때문이었다.

나는 음식을 만들려다가 실패한 내 경험담을 가벼운 마음으로 들려주었다. 하지만 식당 안이 너무 시끄러웠기 때문에 제임스가 내 말을 들었는지 알 수가 없었다. 나 역시 제임스가 세 마디 대답을 하면 한 마디 이상은 알아듣지 못하는 형편이었다. 하지만 제임스의 얼굴에 떠오른 표정을 읽을 수는 있었다. 그것은 감탄의 표정이었다.

비록 아버지와 할머니, 둘째언니로부터 아낌없는 사랑과 애정을 받고 자란 것은 사실이지만, 감탄은 또 다른 것이었다. 감탄은 어른이 어른에게 바치는 존경에 훨씬 더 가까웠다.

음식은 너무나 맛있었지만, 나는 배가 터질 지경이었다. 또 다시 찐 경단이 나오자, 나는 손으로 그릇을 밀쳤다.

"더이상 한입도 못 먹겠어요."

제임스가 고개를 끄덕였다.

"밖으로 나갑시다. 여기는 너무 시끄럽네요."

거리로 나서면서 내가 인사를 했다.

"정말 잘 먹었습니다. 고맙습니다. 저는 그만 워너 씨 댁으로 돌아가야 해요."

전차역까지 걸어가고 있을 때, 제임스가 갑자기 걸음을

멈추고 나를 바라보더니 천천히 말을 이었다.

"지난 몇 달 동안 내 앞날에 대해서 많은 생각을 했습니다. 나는 형님이 식당을 운영하는 방식이 마음에 들지 않습니다. 그렇다고 자유를 찾아 뛰쳐나갈 배짱도 없었지요. 하지만 이렇게 당신을 만나고 나니, 내 마음을 결정하는 데 많은 도움이 될 것 같습니다."

나는 자신도 모르게 얼굴이 빨개졌다.

"그게 무슨 말씀인가요?"

제임스의 눈빛이 환하게 빛났다.

"당신은 가족을 떠나서 보모로 일자리를 잡았습니다. 당신의 독립성을 지키기 위해서 말이죠."

"그래서 당신도 가족을 떠나시겠다는 말씀인가요? 하인으로라도 일을 하려고요?"

나는 기가 막혔다. 그런 행동에 대해서 책임을 떠맡을 생각은 눈곱만큼도 없었다.

"외국 땅에서 외국인 가정을 위해 노동을 하고 있지만, 당신은 자신의 자긍심을 지키고 있습니다. 바로 그 때문에 나도 내 결심을 굳히게 되었습니다. 내 식당을 차리기로 말입니다!"

문득 어떤 두려움 같은 것이 밀려와서 심장이 뛰었다.

"전 책임지고 싶지 않아요. 제가 그런 결심을 하게 하도록 한 건 아니에요!"

제임스가 씩 웃었다. 그러자 훨씬 더 어리고, 짓궂어 보였다.

"당신이 의도했든 안 했든 간에, 당신이 그렇게 만든 사람입니다. 만약 내가 사업에 망하고 저금한 돈을 다 날리게 되면, 그건 모두 당신이 탓인 거죠!"

우리는 그만 큰 소리로 웃음을 터트렸다.

전차가 다가오는 소리가 들리자, 제임스가 물었다.

"언제 다시 만날 수 있을까요?"

내가 대답했다.

"전 일주일에 한번 여기 가게에서 장을 봐요."

그리고 낮은 목소리로 덧붙였다.

"사실 수요일 아침마다 정해진 시간에 올 수 있어요. 11시 어때요?"

나는 워너 씨에게 말했다.

"전 결정을 내렸어요. 함께 중국으로 돌아가지 않겠어요. 전 미국에 남을 겁니다."

워너 부인이 물었다.

"에일린, 정말인가요? 그런 중대한 결정을 내리기에는 에일린이 아직 너무 어린것 같은데……."

나는 간신히 웃음을 참았다. 나는 지금보다 훨씬 더 어린 나이에, 더 중요한 결정도 이미 내려본 적이 있는 사람이었다.

"걱정하지 마세요, 워너 부인. 저도 생각이 있어요."

워너 부인이 물었다.

"가족을 보고 싶어하지 않았나요? 가족들과 가까운 사이가 아니었던 것은 알고 있지만, 그래도 어머니와 남동생과 언니들을 보고 싶어했잖아요? 지금 여기 남게 되면, 한참 후에나 중국에 다시 가 볼 기회가 생길 거예요."

워너 부인의 말은 내 정곡을 찔렀다. 우리 가족들, 둘째 언니의 따뜻한 품을 다시 느끼려면 몇 년이 걸릴지 모른다. 남동생과 함께 남동생이 다니는 학교에 대한 이야기도 할 수 없을 것이다. 남동생이 자라는 모습조차 보지 못할 것이다.

내가 물었다.

"이 영어 책을 내 동생에게 전해 주실 수 있나요?"

남동생에게 장난감 기차도 보내고 싶었지만, 그러기에는 동생이 너무 커버렸다는 사실을 깨달았다. 가장 가슴 아픈 사실은 동생이 어떤 장난감을 좋아하는지도 모른다는 것이었다. 하지만 책이라면 언제든 환영일 거라고 나는 생각했다.

워너 부인이 헛기침을 했다.

"가족들에게 전해 줄 말은 없나요?"

나는 길버슨 선생님과 쉬에옌과는 편지를 주고받았지만 우리 가족들과는 아무런 연락도 하지 않았다. 뭔가가 나를 가로막고 있었다. 비록 워너 씨 집에서 일하는 내 위치가 부끄럽지는 않지만, 어쩌면 우리 친척들은 달리 생각하지 않을까 두려웠던 것이다. 그러므로 나는 단호하게 고개를 저었다.

"언젠가는 제가 직접 가족들에게 편지를 쓰겠어요."

워너 씨는 계속해서 심각한 표정이었다.

"우리도 제임스 추를 본 적이 있소. 꽤 괜찮은 청년처럼 보이더군. 에일린의 결혼식을 볼 수 있으면 우리도 영광일 텐데 말이오. 하지만 에일린은 그 사람을 안 지가 얼마 안 되잖소. 우리가 떠난 뒤에는 달리 보호해 줄 사람이 없다는 걸 잘 생각해 보았소?"

내가 대답했다.

"잘 생각해 보았습니다."

워너 부인이 말했다.

"그래서 그 사람을 도와 식당 일을 한단 말인가요! 뼈 빠지는 중노동일 텐데!"

또 다시 나는 미소를 참아야만 했다. 힘든 일이라면 이미 이골이 난 몸이었다. 그레이스와 빌리를 돌보았고 여기 샌프란시스코에 와서는 워너 씨 가족을 위해 식사 준비까지 해왔다. 하지만 나는 이렇게만 대답했다.

"걱정하지 마세요. 힘든 일을 감당할 준비가 되어 있답니다."

사실 나에게 청혼을 할 때, 제임스도 똑같은 말을 했다.

"전 당신에게 편안한 삶을 약속드릴 수는 없습니다. 당신은 이전보다 훨씬 더 힘들게 일을 해야 할 거예요."

그리고 나는 "각오가 되어 있어요."라고 대답했던 것이다. 이어서 나는 수줍게 덧붙였다.

"혹시 식당을 차리는 데 돈이 필요하다면, 제게 그 동안 저금한 돈이 조금 있어요."

내가 큰아버지로부터 돌려받은 돈과 워너 씨에게서 받은 월급에 대해서 이야기하자, 제임스는 큰 소리로 웃었다. 그것은 내가 아껴서 모은 돈이었다.

"미안하지만 식당을 차리려면 그보다 더 많은 돈이 필

요해요. 훨씬 더 많은 돈 말이죠."

그럼에도 제임스는 내 제안에 크게 감동했다. 제임스는
나를 와락 껴안더니 뜨겁게 입을 맞추었다.

에필로그

지나간 인생의 이러저러한 일이 눈앞을 스쳐가고 있을 때, 한웨이의 목소리가 나를 화들짝 놀라게 했다.

"왜 기다려주지 않았소, 아이린? 왜 그 미국인 집으로 도망쳐버린 거요?"

한웨이의 눈빛에는 후회와 원망이 가득했다.

"중국도 변하고 있소. 우리 부모님의 친구분들도 점차 딸들의 발을 묶지 않고 있소. 당신이 기다려 주기만 했다면, 우린 결혼을 할 수 있었을 것이오. 그럼 당신도 좀더 편하게 살았을 텐데."

"더 편하게 사는 게 어떤 거죠?"

비꼬려는 것이 아니었다. 정말로 그런 게 뭔지 알고 싶었다.

"그러니까……"

한웨이는 예상치 못한 질문에 말을 더듬었다.

"그건, 여느 상류층 부인들처럼…… 그러니까…… 당신도 알겠지만, 당신 어머님이나 우리 어머님처럼 사는 거 말이요."

나는 우리 어머니의 인생이 편안했는지 생각해 보았다. 큰아버지의 두 부인에 대해서도 생각해 보았다. 물론 한웨이는 큰아버지처럼 나에게 큰소리를 치지는 않을 것이다. 하지만 나는 하루 종일 무슨 일을 했을까?

이 말이 한웨이의 귀에 들렸을까? 한웨이는 내 마음을 읽은 듯 대답했다.

"당신은 영어 선생님이 될 수 있었을 거요. 이제 중국도 여자 선생님이 있는 학교가 있소. 그게 당신 꿈 아니었소?"

나는 천천히 입을 열었다.

"아니요. 나는 절대로 선생님이 될 수 없었어요."

잠깐 동안 날카로운 회한이 마음을 찔렀다.

"나는 학교를 끝내지 못했으니까요."

한웨이가 소리쳤다.

"적어도 난징으로 돌아올 수는 있었지 않소! 그런데 당신은 미국에 그냥 남았소! 당신이 그 동안 겪은 고생을 생각하면 난 견딜 수가 없단 말이오!"

한웨이의 말이 맞았다. 나는 무척 힘든 일을 해야만 했다. 차이나타운에 사는 어떤 여자들은 전족을 하고 부유한 사업가와 결혼해서 이층 방 안에 갇힌 채 편안하게 살았다. 하지만 만약 내가 그런 인생을 살아야만 했다면 난 미쳐버리고 말았을 것이다. 나는 다른 인생을 선택했다.

제임스와 식당을 시작했을 때, 처음 2년 동안은 그야말로 허리가 휘도록 힘든 일을 해야만 했다. 제임스가 힘들 것이라고 미리 경고해 주었지만, 일은 내가 예상했던 것보다도 훨씬 더 고단했다.

상황이 조금 나아진 것은 최근 들어서였다. 제임스와 나는 도와줄 사람을 쓸 만한 여유가 생겼고, 이따금 동물원에 가거나 페리호를 타고 이스트 베이로 놀러 갈 틈도 났다. 나는 심지어 한가롭게 자리에 앉아 손님들과 지나간 시절에 대해 수다를 떨곤 했다.

나는 한웨이의 맞은편 자리에 앉아 일에 시달린 내 손을 가만히 내려다보았다. 내 손끝은 다시는 가늘고 섬세해지지 않을 것이다. 내 손과 대조되게 한웨이의 손은 여전히 곱고 부드러웠다. 날마다 수북이 쌓인 접시를 닦기는커녕, 자기 양말 한 짝 빨아 본 적이 없는 그런 손이었다.

문득 이제 우리 가족들과 다시 연락할 때가 되었음을 깨달았다. 나는 가족들에게 내가 어떻게 살고 있는지 상세히 알려주고 싶었다.

"한웨이, 우리 어머니께 내 편지 좀 전해 줄래요? 그리고 이 식당에 대해서도 어머니께 말씀드려 주겠어요?"

"나는 내가 겪은 힘든 일들이 자랑스러워요. 왜냐하면 나는 내 두 발로 씩씩하게 서서, 내 남편이 이 식당을 성공시키는 걸 도와주었거든요."

나는 나를 사랑했던 사람들을 생각했다. 아버지라면 나를 무척 자랑스러워했을 것이다. 나는 유쾌하게 웃으며 한마디 덧붙였다.

"내 커다란 발로 씩씩하게 서서 말이죠."

전족이라는 중국 풍습에 대하여

중국에서 전족을 하는 풍습은 기원후 9백 년인 당나라 말 무렵부터 생겨났다. 널리 알려진 전설에 따르면, 당나라 황제의 궁에 있던 한 무희가 오늘날의 발레리나처럼 발끝으로 춤을 출 수 있도록 발을 묶었다고 한다. 그 모습이 어찌나 우아했던지 다른 많은 무희들이 앞다투어 그녀를 흉내내었고, 이 유행이 궁전의 여인들과 다른 귀족 집안 여자들에게까지 퍼져 나갔다는 것이다.

하지만 대부분의 역사학자들은 당나라의 귀부인들이 전족을 했다는 사실을 믿지 않고 있다. 왜냐하면 조각상이나 그림에서 당나라의 귀부인들은 아주 멀쩡한, 심지어 운동선수처럼 억센 발을 드러내 보이고 있기 때문이다. 당나라 시대의 귀부인들 사이에서는 폴로 경기가 가장 인기 있는 운동 경기였다.

여자들이 전족을 했다는 분명한 기록이 나오기 시작하는 것은 송나라(960~1279) 때부터이다. 처음에 이런 풍습은 귀족 계층의 여인들 사이에서만 지켜지다가, 차츰 다른 계층의 여인들에게까지 퍼져 나갔다. 힘든 노동을 해야 하는 농민의 여인들과 노비들만이 전족을 피할 수 있었는데, 전족을 하면 발을 못 쓰게 돼서 제대로 돌아다닐 수가 없기 때문이었다.

전족이 말할 수 없이 고통스럽고 사람을 더이상 일할 수 없는 무능력자로 만들었지만, 이런 풍습은 천 년 이상 지속되어 왔다. 왜 여자들은 이런 고통을 그대로 받아들이고 참았을까? 흔히 드는 이유는 남자들이 전족을 더 매력적으로 여겼다는 것이었다.

하지만 중국 여자들만이 남자들의 시선을 끌기 위해 죽을 것 같은 고통을 감내한 것은 물론 아니었다. 영국에서도 빅토리아 시대의 여자들이 코르셋을 너무 꽉 조인 나머지 약간만 흥분해도 기절을 하곤 했다. 아프리카 여자들은 입술을 접시처럼 크게 늘려야 했으며 여성 할례를 참아야만 했다. 지금도 미국 여성들은 10센티미터 높이의 뾰족구두를 신고 기우뚱기

우뚱 걸어다니고 있다.

나는 왜 뾰족구두나 가느다란 허리나 접시처럼 넙적한 입술이 남자들에게 매력적인지 그 이유까지 캘 생각은 없다. 내 목적은 왜 중국인 남자들이 10센티미터도 안 되는 작은 발을 가진 여자들에게 매혹되었는지를 이해하는 것뿐이다. 사실 이들의 벗은 발을 찍은 사진을 보면, 구부러진 발가락이 구역질 날 정도로 역겹다. 그런데 뭐가 매력적이란 말인가?

여기에는 두 가지 이론이 있다. 하나는 발을 못 쓰게 해서 여자를 무능력하게 만들고 도망칠 수 없게 한다는 것이었다. 또 어떤 남자들은 아기처럼 무능력한 여자들을 생각하면 흥분을 한다고 한다.

하지만 그래도 설명되지 않는 부분들이 있다. 모든 중국 남자들이, 고통받고 자기들에게 굴종하는 여자들을 생각하며 좋아하는 새디스트들은 아니라는 것이다. 또 다른 이론에 따르면, 일을 하지 못하는 아내를 부양한다는 사실이 남자의 위신을 세워준다는 것이다. 전족은 '전리품'인 아내를 먹여 살릴 만큼 재력이 있음을 보여준다.

20세기 초반이 되어서야, 이런 풍습은 점차 사라지기 시작했다. 하지만 여전히 상류층들 사이에서는 전족을 한 여자가 더 선호되었다. 심지어 오늘날까지도 중국의 외진 지역에서는 전족을 한 노인들을 볼 수 있다. 노인들은 자기 발을 부끄러워하면서도 붕대를 풀고 보통 신발을 신을 수 없다. 붕대로 지탱하지 않으면, 너무 아파서 한 걸음도 걸을 수 없기 때문이다.

1930년대에 들어서야, 비로소 전족이 완전히 사라지고 어머니들이 딸들의 발을 풀어놓는 것을 허락했다. 하지만 일부 벽지에서는 1940년대까지도 여전히 전족이 계속되었다! 나는 한 작은 마을에서 전족을 한 여인을 만났는데, 그녀의 나이는 쉰 살이었다.

옮긴이 말

여자가 걷기를 선택했을 때

소포클레스가 쓴 그리스 비극 〈외디푸스 왕〉에는 그 유명한 스핑크스의 수수께끼가 나온다. '아침에는 네 발, 낮에는 두 발, 저녁에는 세 발로 걷는 것이 무엇이냐?' 그리고 널리 알려지다시피 이 수수께끼에 대한 대답은 '인간'이다. 인간은 어릴 적에는 네 발로 기어 다니다가 커서는 두 발로 걷고 늙어서는 지팡이를 짚고 다니기 때문이다. 역사상 인간의 본질에 대해서 묻는 가장 유명한 질문들 중 하나일 이 수수께끼에서 한 가지 흥미로운 점은 인간의 전 생애가 하필이면 눈도 아니고 입도 아니고 손도 아닌, '발'로 표상된다는 사실이다.

인간의 길고 복잡한 생애가 결국 '발'이라는 하나의 신체

기관으로 압축될 수 있는 것이라면, 이 소설의 주인공인 아이린이 전족을 하지 않겠다는 결심 하나로 자신의 삶 전체를 바꾸어놓은 것은 어쩌면 당연한 일일 것이다. 인간에게 발은 단순히 그저 단순히 걸어다니기 위한 '발'이 아니기 때문이다. 그것은 인간의 성장을 나타내는 표상인 것이다. 그러기에 어느 평범한 중국 여자 아이의 발에 대한 이야기가 더 커다란 울림을 가지고 다가오는 것인지도 모른다.

20세기 초반, 서구 열강들의 침입을 받은 아시아, 아프리카의 식민지 국가들은 좋든 싫든 간에 지금까지 자신들이 고수해 왔던 가치관과 전통을 버리고 서구의 새로운 문물을 받아들이는 근대화의 과정을 밟아야만 했다. 이 와중에 서구의 제국주의자들과 식민지의 민족주의자들 사이에서 이중의 볼모가 되어야만 했던 사람들이 바로 여성들이었다. 서구인들은 아프리카의 여성 할례나 인도의 사티 제도(남편이 죽으면 남은 부인을 함께 화장하는 풍습), 중국의 전족 등을 소위 전근대적 국가에서 행해지는 대표적인 야만적 풍습으로 지탄하며 여성들을 이런 야만에서부터 구원한다는 미명하에 자신들의 침략을 정당화시켰던 것이다. 반면 근대화의 영향을 받아 이런 전통적인 풍습을 거부한 식민지 여성들은 자신들의 타고난 정체성을 부정하고 민족을 배신한다는 오명을 쓰지 않을 수 없었다.

이 책에서도 주인공 아이린은 다만 자유롭게 뛰고 싶다는 소박한 소망을 위해 전족을 거부할 뿐이지만, 그 결과 집안사람들뿐만 아니라 동족 전체로부터 외면당하고 어쩔 수 없이 이방인들 속에서 살아가게 된다. 하지만 아이린이 아무리 서양인들의 언어를 잘 하고 그들과 오래 살아도, 서양인들에게 아이린은 여전히 하찮은 중국인일 수밖에 없다. 아이린을 보모로 받아준 미국인 선교사들도 비록 곤경에 빠진 아이린을 구해 준 셈이기는 하지만, 아이린의 종교나 문화적 배경 같은 것은 철저히 무시하고 오직 자신들의 방식에 따라주기만을 요구한다. 한편 아이린 자신도 타고난 정체성이나 민족적 자부심을 완전히 버리지 못하고 어떻게든 중국인으로서의 삶을 지키려고 노력하는 것이다.

《큰발 중국 아가씨》(원제:Ties that Bind, Ties that Break)의 저자인 렌세이 나미오카는 어린 시절에 중국에서 미국으로 건너간 이민 1세대 작가로서, 주로 어린이들을 위한 책들을 많이 썼다. 이 작품은 물론 저자의 직접적인 경험담이 아니라, 중국에서 처음 전족을 거부한 여성들 중 하나인 자신의 어머니의 이야기를 소재로 한 것이라고 한다. 많은 사람들이

이 중국의 풍습을 피상적으로 나쁜 관행으로만 알고 있지만, 이 책은 전족을 단지 폐지되어 마땅한 악습으로 단정짓는 것이 아니라, 거기에 얽힌 전통과 근대화, 서구 열강과 아시아 식민지 간의 복잡한 갈등 관계를 단순하지만 섬세한 시각으로 다루고 있다. 더불어 책의 말미에는 전족에 대한 역사적인 설명이 자세하게 덧붙여져 있으므로 이 문제를 좀더 여러 가지 각도에서 깊이 있게 이해하는 데 많은 도움이 될 것이다.

2006년 1월, 최인자

렌세이 나미오카는 중국 베이징에서 태어나 아홉 살에 가족과 함께 미국으로 이민을 왔다. 일본 사람과 결혼한 후부터 '나미오카'란 성을 갖게 된 렌세이는 일본과 중국 문화에 관심이 많아 일본과 중국을 무대로 많은 이야기를 만들었다. 대표적으로 16세기 일본을 무대로 한 '사무라이' 시리즈, 미국으로 이민 온 중국 양씨 집안의 네 아이들을 그린 '양씨 가족 이야기'들이 있다. 1920년대 중국의 전족 풍습에 맞서 자신의 인생을 찾아가는 중국 소녀의 이야기를 담은 《큰발 중국 아가씨》는 '2004년 캘리포니아 청소년 도서상'을 비롯해 '워싱턴 주 작가상'을 수상했으며, 미국 도서관 협회의 '올해의 청소년 책'으로 선정되었다. 30여 년 동안 그림책, 동화책, 청소년 책 등 다양한 분야의 글을 써 온 렌세이는 지금도 시애틀에서 살며 작품 활동을 하고 있다.

최인자는 연세대학교 영문학과를 졸업하고 같은 학교에서 비교문학과 박사 과정을 수료했다. 1992년 조선일보 신춘문예 평론 부문으로 등단했으며, 지금은 강의와 글쓰기, 번역 일을 하고 있다. 옮긴 책으로 《해리포터와 혼혈 왕자》,《톰 소여의 모험》,《지혜의 일곱 기둥》등 다수가 있다.

큰발 중국 아가씨

1판 1쇄 펴냄 2006년 3월 10일
1판 29쇄 펴냄 2025년 1월 6일

글쓴이 렌세이 나미오카 | 옮긴이 최인자
펴낸이 박소연 | 펴낸곳 (주)도서출판 달리
등록 2002. 6. 4.(제10-2398호)
04008 서울시 마포구 희우정로16길, 17-5 | 전화 02) 333-3702 | 팩스 02) 333-3703

ISBN 978-89-90364-98-2 44800
ISBN 978-89-90364-96-8 (세트)